Sabelotodo
Entiendelonada

and Other Stories

ḃṗ

Bilingual Press/Editorial Bilingüe

Address:
Bilingual Review/Press
Hispanic Research Center
Arizona State University
Tempe, Arizona 85287

(602) 965-3867

Sabelotodo
Entiendelonada

and Other Stories

Jim Sagel

Bilingual Press/Editorial Bilingüe
TEMPE, ARIZONA

ISBN: 0-916950-87-5

Library of Congress Catalog Card Number: 88-70704

PRINTED IN THE UNITED STATES OF AMERICA

Cover design and woodcut by Denise Posegay

Back cover photo by Cynthia Farah

Text art (pp. 58, 59, 139) by José Antonio Burciaga

Acknowledgments

This volume is supported by a grant from the National Endowment for the Arts in Washington, D.C., a federal agency.

The author and editors express their appreciation to José Antonio Burciaga for the artwork he prepared for this collection.

The editors wish to acknowledge the first appearance of several of these stories in the following publications:

"La invasión de Tierra Amarilla" appeared under the title "Lupe's Bar and Grill" in *Cambio 17/20* (Editorial Extemporáneos, S.A., México, D.F.), Octubre 1979/Septiembre 1980, pp. 135-50.
"Pitenrita" appeared in *Cambio 21/24*, Octubre 1980/Septiembre 1981, pp. 133-38.
"Sabelotodo Entiendelonada" appeared in *Nueva Narrativa Chicana*, ed. Oscar U. Somoza (México, D.F.: Editorial Diógenes, S.A., 1983), pp. 80-88.
"Professor Teeshirt's Secret" (English version only) appeared in *Tyuonyi* (Institute of American Indian Art, Santa Fe), No. 1, 1985.

Table of Contents

para don Jacobo y doña Matilde

Doña Refugio and Her Comadre

Death had been with her for years now. It seemed like years, at least. Doña Refugio didn't know exactly how long it had been because, from the moment her comadre Sebastiana had appeared at her door, Doña Refugio had quit ripping off the pages of the calendar. And the radio announcers, of course, never mentioned what year it was.

But that was just as well, for if someone would have told her the date, Doña Refugio might have been so shocked to know how long she had lasted with Death in the house that she would have died of pure fright.

Everyone else, naturally, couldn't see Death because they no longer believed in her. Even Doña Refugio's own daughter, Lydia, preferred to believe in priests and doctors rather than Death. That was why Lydia had gotten so angry when Doña Refugio had given all her possessions away to the neighbors.

"Death has come for me," Doña Refugio had told them.

The neighbors, believing the old woman had gone crazy, protested at first, but Doña Refugio was convinced she was going to die. "Keep it!" she told them, and eventually they did take everything that Doña Refugio indicated they should keep. Anyway, they figured that if they didn't get the things, somebody else would.

Doña Refugio had given her bed to Corrine because she knew her neighbor had more kids than beds. She had given her dishes to a nearby hippie who was a nice enough person even if she never combed her hair. Doña Refugio's comadre Felicia said that she believed all those hippies weren't really poor. They were just lazy and they certainly didn't deserve the foodstamps they received because they could work just like everybody else; but now that Death had arrived, Doña Refugio had quit judging people. She had given her

Doña Refugio y su comadre

Ya hacía años que la Muerte había estado con ella. Bueno, parecía años. Doña Refugio no se acordaba exactamente cuánto tiempo hacía porque desde el momento que su comadre Sebastiana había llegado a la puerta, doña Refugio había dejado de arrancar las hojas del calendario. Y los locutores del radio, pues claro que ellos nunca anunciaban el año.

Pero de todos modos era mejor así, porque si alguien le hubiera dicho la fecha, tal vez doña Refugio se hubiera espantado al saber cuántos años había durado con la Muerte en la casa, y se hubiera muerto del puro susto. Los demás, naturalmente, no podían ver a la Muerte porque ya no creían en ella. Hasta la misma hija de doña Refugio, la Lydia, mejor creía en los curas y en los doctores que en la Muerte. Por eso la Lydia se había enojado tanto cuando doña Refugio les había dado todas sus posesiones a los vecinos.

—Ya la Muerte llegó por mí —doña Refugio les había dicho.

Los vecinos, pensando que la vieja se había vuelto loca, protestaban al principio, pero doña Refugio estaba aferrada que sí iba a morir. "Keep it!" les decía, y al fin sí se llevaron todo lo que doña Refugio les indicaba que "keepiaran". Al cabo que si ellos no agarraban las cosas, otro sí las arrebataría.

A su vecina la Corrine le había dado su cama porque doña Refugio sabía que la pobre tenía mucho más familia que camas. Sus trastes se los había dado a una "hippa" que vivía por ahí—muy greñuda ella, pero güena gente anyway. Su comadre Felicia decía que ella no creía que esos "hippies" tenían ninguna necesidá, que eran huevones nomás y que no merecían las estampas de comida que recibían porque bien podían trabajar como todos los demás, pero ya que la Muerte había llegado, doña Refugio había dejado de

wood-burning stove—the one her late husband had bought her fifty years ago at Montgomery Wards—to the same unkempt neighbor because the hippie was the only person in all the neighborhood who still cooked with wood instead of butane.

Doña Refugio had also filled seven large boxes with clothing she had planned to send to the church for the poor, but Father José had refused to accept them. "I don't believe in poverty," he had told her.

So the boxes had remained in the kitchen where Doña Refugio had once had her table and chairs. It had been a good table too, but now that she was going to die, what did she want with it anyhow? She had given it away to Chencho, her comadre Felicia's son who was building a house near his mother's place and who was going to be needing furniture. Chencho had also taken Doña Refugio's chairs, refrigerator, hot water heater, washing machine, and living room couch, for he didn't believe in wasting money when it wasn't necessary.

But Doña Refugio's daughter! Well, she had gotten so angry at her, and for absolutely no reason. After all, Doña Refugio had given her first chance, but Lydia hadn't wanted to take anything.

"You're not going to die!" Lydia had scolded her mother like a naughty little girl. But, then, the poor thing couldn't see Death, even though she sat at the same table with the two women, sipping coffee out of Doña Refugio's own cup.

So Doña Refugio had shared her few possessions with the neighbors because she knew she couldn't take all those things with her. But that was where Death had fooled her. She had simply stayed at Doña Refugio's house like an idle relative. At first Doña Refugio even suspected she might have died without realizing it. Maybe that's how death was—you simply remained right where you had always been, doing the same stupid things you had done when you were alive. But soon she realized that she couldn't be right in that belief because her daughter, after all, could still see her and talk to her.

And how she talked too—telling Doña Refugio that she had really lost her marbles, and maybe it would be better just to send her to the nut house in Las Vegas.

But poor Lydia couldn't see Death because she didn't believe in her, and so she refused to listen to her mother when Doña Refugio complained about the size of her bed. Now that Doña Refugio didn't even have a place to sleep, Lydia had been obligated to bring her mother to live with her. But when Doña Refugio had complained

juzgar a la gente. También su estufa de leña, la que su difunto esposo le había comprado del Mongómer hace cincuenta años, se la había entregado a la misma greñudita porque ella era la única en la vecindá que todavía cocinaba con leña en lugar de butane.

Doña Refugio también había llenado siete cajas grandes con ropa que había querido mandar a la iglesia para los pobres, pero el padre José no las había aceptado. —Yo no creo en la pobreza —él le había dicho.

De modo que las cajas se habían quedado en la cocina donde doña Refugio había tenido su mesita y silletas. Era buena mesita pero como ya iba a morir, pues ¿pa' qué la quería ella? Se la había dado al Chencho, el hijo de su comadre Felicia que estaba levantando una casa cerca a la de su mamá y que iba a ocupar muebles. El Chencho también se había llevado las silletas, la hielera, el hot water heater, una máquina de lavar, y un sofá que doña Refugio había tenido en el living room, porque él no creía en gastar su dinero cuando no era necesario.

Ay, pero ¡cómo se había enojado su hija con ella! Y completamente sin razón. Pues, doña Refugio le había dado la primera chanza a la Lydia pero ella no había querido llevarse nada.

—¡Usted no se va a morir! —ella le había rezongado como a una muchita malcriada. Bueno, pero la pobre no podía ver a la Muerte aunque se sentaba a la mesa con ellas, tomando café de la misma taza que usaba doña Refugio.

De modo que doña Refugio había compartido sus pocas posesiones con los vecinos porque bien sabía que no se las iba a llevar con ella. Pero ahí fue donde la Muerte la había "fooliado". Se había aquerenciado en la casa con doña Refugio como un pariente sin oficio. Y doña Refugio, pues al principio hasta había sospechado que sí se había muerto sin saberlo—que quizás asina era la muerte—que uno se quedaba donde mismo haciendo las mismitas tonterías que uno había hecho durante la vida. Pero pronto se había dado cuenta que no estaba bien en esa creencia porque su hija todavía la podía ver y le hablaba.

Y ¡qué habladeras le había echado también! —diciéndole que ya de deveras se le habían ido las cabras y que tal vez sería mejor mandarla a la Casa de los Locos en Las Vegas.

Pero pobrecita su hijita que no podía ver a la Muerte por no creer en ella, y que ni quería escuchar a doña Refugio cuando se quejaba del tamaño de su camita. Ya que doña Refugio ni tenía donde acos-

that her bed was too small for both her and Death, Lydia just couldn't take it anymore. She sent her mother to town to live with Clyde. But that hadn't worked out either because Doña Refugio's oldest son lived in a trailer. Actually, Doña Refugio had been happy enough there, but not her comadre Sebastiana. Death claimed she just couldn't feel comfortable in a house that had wheels.

Anyway, there was a neighbor around there, the widower Tobias, who insisted on coming over to ask Doña Refugio for a date. He was ugly, with a large mole on his face and no teeth. What was worse, Clyde teased his mother, telling her that she had found a boyfriend, even though Doña Refugio always said, "God help me, but that man is uglier than Death!"

And so Doña Refugio told her son she would have to return to her old house because of that toothless widower. But when Clyde had refused to believe that reason, Doña Refugio had had to explain to him that her comadre Sebastiana couldn't stand the trailer anymore.

It was then that Lydia had informed her older brother that they had better send their mother to the State Hospital. But Clyde didn't believe the old lady had gone crazy. "It's just her age," he had told Lydia, and at last the two of them had collected enough money from the other brothers and sisters to buy their mother a bed, dishes, stove, refrigerator, table and chairs so that she could move back to her empty house.

"But these aren't your things!" Lydia had told the old lady because she was afraid she might go nuts again and give everything away to the neighbors like before.

But Doña Refugio had no intention of giving away her things because now she had to take care of her comadre Sebastiana. It was a pity how skinny Death was. But Doña Refugio was trying to fatten up those bones a little. And, with time, Death had gained some weight with all the beans and chile Doña Refugio fed her, not to mention the wheat flour tortillas and the delicious chicken soup seasoned with mint.

And the two comadres entertained themselves quite well during the long nights, seated in the living room, talking about the dead relatives and compadres they both had known as they sipped on a cup of atole.

"Did you know that your compadre Salamón had died?"

"Really? When?"

tarse, la Lydia había estado obligada a traerla a su casa. Pero cuando doña Refugio se había quejado que la cama era muy pequeña para ella y la Comadre, ya la Lydia no le había querido escuchar. Había mandado a su mamá a la plaza para vivir con el Clyde. Pero eso no había resultado tampoco porque el hijo mayor de doña Refugio vivía en un trailer. A doña Refugio le había cuadrado bastante bien, pero a su comadre Sebastiana no. Ella reclamaba que no podía sentirse cómoda en ninguna casa que tenía ruedas. Anyway, había un vecino por ahí, el viudo Tobías, que insistía en llegar a pedirle un "date" a doña Refugio. Estaba murre feo, sin dientes y con un lunar grande en la cara. Y, pa' peor, el Clyde seguido le hacía burla a su mamá conque ella ya había hallado un "novio", aunque doña Refugio siempre le decía: —¡Qué ni lo permitiera Dios porque ese hombre es más fiero que la Muerte!

De modo que le había dicho a su hijo que ella tendría que volver a su casa vieja a causa de aquel viudo molacho. Pero cuando el Clyde no la había creído, pues doña Refugio había estado obligada a explicarle que su comadre Sebastiana ya no aguantaba en ese trailer.

Fue entonces que la Lydia le había dicho a su hermano mayor que valiera más mandar a su mamá al asilo. Pero el Clyde no creía que la vieja se había hecho loca. —Son los años nomás —él le había dicho a la Lydia, y al fin los dos habían juntado suficiente dinero entre los otros hermanos para comprarle una cama, trastes, estufa, hielera, mesita y silletas para que su mamá pudiera mudarse otra vez a su casa vacía.

—¡Pero éstas no son cosas suyas! —la Lydia le había dicho a la vieja porque tenía miedo que le pegara la "locura" otra vez y les regalara todo a los vecinos.

Pero doña Refugio ya no tenía ninguna intención de dar sus cositas porque tenía que asistir a su comadre Sebastiana. Estaba tan flaca la Muerte—pues, era una *compasión*. Pero doña Refugio ya estaba haciendo fuerza de engordarle esos huesos. Y sí, con el tiempo, la Huesuda había engordado un tantito con todos los frijoles y chile que doña Refugio le daba, las tortillas de harina mexicana, y un caldo sabrosísimo de gallina con yerba buena.

Y se divertían murre bonito las dos comadritas durante las largas noches, sentadas en el living room, platicando de los parientes y compadres difuntos que las dos habían conocido mientras tomaban una tacita de atole.

—¿Sabías que tu compadre Salamón se había muerto?

"Oh, about half an hour ago."

"You don't say! What did he die of?"

"Well, from drinking—what else?"

They'd go on talking like that while Doña Refugio crocheted a sweater for Death because another winter was about to come and she was sure to get cold in the New Mexican mountains. Doña Refugio had never been more content in her life because now she didn't need to call up her comadre Felicia for news about the people who had died, and she didn't have to bother Lydia anymore for the Sunday paper. No, Doña Refugio no longer had to search for the obituaries because now she had all the information right at home.

It appeared that Death was enjoying her visit too because she didn't seem to be in much of a hurry to leave. Doña Refugio made her feel so comfortable, and Death certainly had never encountered anyone who was more interested in her business.

Doña Refugio, for her part, still didn't understand why Death had decided to stay with her. But she certainly wasn't going to complain. It was better to share her home with Death in this world than to journey with her to the other one and, anyway, her comadre Sebastiana was really no trouble.

Well, there was one thing about Death. She'd stay in bed all day long. She claimed she was tired, fatigued from hassling with so many dead people. "The dead are so stubborn these days," Death complained to Doña Refugio all the time. "They don't cooperate like they used to. They don't want to accept me anymore, comadre."

That might have been true, but Doña Refugio knew there was another reason why Death was always so dead tired. She never slept at night.

Really. Every night was the same. Doña Refugio would go to bed at a reasonable hour, but Death would stay up, sitting in the living room, drinking coffee, and listening to the radio. What was worse was that she only listened to one station, Radio KXRF, a religious station from Juárez. And while Doña Sebastiana listened to Reverend Santiaguito J. Samaniego, Doña Refugio would dream about the end of the world.

That, of course, was beginning to annoy Doña Refugio because during the day she found herself not wanting to talk about anything else but the end of the world. The few neighbors who would come around now quit visiting her because they got tired of hearing so much about the final days. Doña Refugio even considered giving that

—¡No! ¿Cuándo?

—Oh, hace como una media hora ya.

—¡No digas! ¿De qué se murió?

—Pos, de la bebida—¿de qué otra cosa?

Y así platicaban mientras doña Refugio le crochaba una suera a la Muerte porque ya mero llegaba otro invierno y seguro que le iba a dar frío en las montañas nuevomexicanas. Nunca había estado más contenta doña Refugio porque ya no tenía que telefoniarle a su comadre Felicia para las nuevas de los muertos, y tampoco no tenía que molestar a la Lydia para el periódico del domingo. No, ya no tenía que buscar las noticias de los muertos porque ahora tenía toda la información en casa.

A doña Sebastiana también le estaba cuadrando su visita—pues, ni ganas tenía de salirse de la casa porque su comadre Refugio le hacía sentirse tan cómoda. Y claro que la Muerte nunca había hallado a nadien que tuviera más interés en su negocio.

Doña Refugio, por su parte, todavía no entendía exactamente por qué la Muerte había decidido quedarse con ella, pero no iba a quejarse. Mejor le gustaba compartir su casita con la Muerte en este mundo que viajar con ella al otro, y al cabo que su comadre Sebastiana no era ninguna molestia.

Bueno, una cosa sí tenía la Muerte—se quedaba acostadita todo el día. Ella reclamaba que estaba cansada, bien fatigada por lidiar con tanto muerto. —Tan tercos los muertos de hoy en día —se quejaba doña Sebastiana todo el tiempo—. No cooperan como los de antes. Ya ni me quieren aceptar, comadre.

Tal vez sería verdá, pero doña Refugio sabía que había otro motivo para aquel cansancio de muerte. Su comadre no dormía durante las noches.

Pues, sí. Cada noche pasaba la mismita cosa. Doña Refugio se acostaba a buena hora, pero la Muerte se quedaba sentadita en el living room, tomando café y escuchando el radio. Lo peor era que no escuchaba más que una pura estación—Radio KXRF, una estación religiosa de Juárez. Y mientras que doña Sebastiana escuchaba al Reverendo Santiaguito J. Samaniego, doña Refugio soñaba el fin del mundo.

Claro que eso le estaba pesando a doña Refugio porque durante el día no quería hablar de otra cosa más que el mismo fin del mundo. Y los pocos vecinos que más antes le daban vuelta, ya no venían porque se habían aburrido con tanta historia del último día. Hasta

radio away to Ranger, the hippie's son. But she didn't have the courage to do so because Lydia had bought her that radio when she had moved back to her house. Anyway, she was now asking her daughter for another favor.

It had been awhile—who knows how long exactly, for Doña Refugio still hadn't removed a single page from her calendar—but, anyhow, it had been some time since Doña Refugio had asked her daughter to help her get a television. Of course the old lady understood what Lydia told her, that she had once had a good TV which she had given away to the boyfriend of her comadre Felicia's daughter. And Lydia reminded her that it had been the same color TV she herself had bought for her mother's birthday some years back.

Doña Refugio received her daughter's rage in silence, responding in a resigned tone: "I'm not asking you to buy me a new one. Any TV would be fine, even if it's old and used."

But her poor daughter. Since Death was invisible to her, she just couldn't comprehend why Doña Refugio had to have one of those idiot boxes.

Her plan was very simple. She would get her comadre Sebastiana interested in the soap operas that came out on TV all day long. Doña Refugio, you understand, had become very frightened. Death was listening to so much preaching about the end of the world that Doña Refugio was worried it might really happen. And, as everybody knows, the soap operas never end.

ganas le estaban dando a doña Refugio de darle ese radio al Ranger, el hijo de la "hippa". Pero no tenía el valor para hacerlo porque la Lydia también le había comprado ese radio cuando le habían mudado pa'trás a su casa. Anyway, ya le estaba pidiendo otro favor.

Ya hacía tiempo—quién sabe qué tanto, porque doña Refugio todavía no había arrancado ni una hoja de su calendario—pero el cuento es que ya hacía bastante tiempo que doña Refugio le había pedido ayuda a su hija para conseguir una televisión. Y bien entendía la vieja lo que la Lydia le decía, que sí había tenido una televisión buena que le había regalado al boyfriend de la hija de su comadre Felicia. Y la Lydia le recordaba que era la mismita televisión en color que ella le había comprado para su birthday hace unos cuantos años.

Doña Refugio recibió el coraje de su hija en silencio, respondiéndole casi sin ganas. —No estoy pidiendo que me compren una nueva. Cualquiera televisión sería buena, más que sea vieja y usada.

Y pobrecita su hijita. Como la Muerte le era invisible, no comprendía por qué doña Refugio no podía vivir sin esa caja que atonta.

Su plan era muy simple. Quería interesar a su comadre Sebastiana en las novelas que salían todo el santo día. Pues, sí—ya le estaba dando mucho miedo a doña Refugio. La Muerte estaba escuchando tanta predicación del fin del mundo que quién sabe si de deveras no se acabaría. Y, como todo el mundo sabe, los soap operas—pues, nunca se acaban.

Sabelotodo Entiendelonada

Sabelotodo held the goat between his knees, just like he figured Eloy would have done it, but when he drew the knife close to the animal's throat, his hand froze. He couldn't cut it.

"But I *have* to," he said to himself, trying to recover his courage. "What would Eloy say if he saw me now? What a chickenshit half-breed—what a 'Sabelotodo Entiendelonada.' "

It was Sabelotodo's bizarre neighbor who had given him that stubborn nickname, "Sabelotodo Entiendelonada"—"Know-it-all Understand-nothing." With time, Eloy had abbreviated the name to Sabelotodo, and that was how it had remained. And now, inasmuch as there was nothing Eloy loved better than talking, there was hardly a neighbor in all of Sombrillo who didn't know him by that nickname.

But Sabelotodo had arrived in this northern valley of the Río Bravo nine years ago as Francisco "Frankie" Stone. Actually, "returned" would be a more accurate term, for Sabelotodo had spent nearly every summer of his youth in this desert land punctuated with fragrant fields of alfalfa and gardens of blue corn and chile. His father had been a lawyer for an international union of miners and, though he had his home in Chicago, he traveled throughout the nation—and especially in the Southwest. It was during one of those trips to New Mexico that he had met his future wife, the daughter of the president of a local union. Francisco, the couple's only child, was born and raised in a suburb of Chicago. But during the summers, he was sent to his grandmother's house in New Mexico.

He loved those annual visits so much that after high school and eight years of college in Chicago, Francisco had returned to northern New Mexico. Of course, he had studied to be a lawyer, just like his father, but the real desire of his heart was to be a rancher like his late grandfather.

Sabelotodo Entiendelonada

Sabelotodo apretó el cabrito entre las rodillas, como se le hacía que había hecho el Eloy, pero cuando arrimó el cuchillo a la garganta del animal, se detuvo. No pudo cortar.

—Pero *tengo* que —dijo entre sí, haciendo fuerza de recobrar su valor—. ¿Qué dijiera el Eloy si me viera ahora? ¡Qué coyotito tan cobarde—qué Sabelotodo Entiendelonada!

Era su vecino estrambólico el que le había dado este sobrenombre tan pegajoso—Sabelotodo Entiendelonada. Con el tiempo, el Eloy lo había abreviado a Sabelotodo, y así se le había quedado. Y ahora—como le gustaba platicar *tanto* al Eloy—casi no había ni un vecino en Sombrillo que no lo conocía por aquel apodo.

Pero Sabelotodo había venido a este valle norteño del Río Bravo hace nueve años como Francisco "Frankie" Stone. O, mejor dicho, había vuelto—porque aquí en este desierto puntuado con alfalfas fragantes y jardines de maíz azul y chile, Sabelotodo había pasado casi todos los veranos de su juventud. Su papá había sido el abogado de la unión internacional de mineros y, aunque tenía su casa en Chicago, viajaba por toda la nación—y especialmente el Sudoeste. Y era en uno de sus viajes a Nuevo México que había conocido a su esposa, la hija del presidente de la unión local. Francisco, su único hijo, nació y se crió en un suburbio de Chicago. Pero, durante los veranos, mandaban a Francisco a la casa de su abuela en Nuevo México.

Le encantaban tanto estas visitas anuales que, después de jáiskul y ocho años de colegio en Chicago, el Francisco había vuelto al norte de Nuevo México. Claro que había estudiado para ser abogado, lo mismo que su papá, pero en realidad el deseo de su mero corazón era ser un ranchero como su abuelo difunto.

De modo que agarró un jale por el programa federal de la Ayuda

So he got a job working for the federal Legal Aid program and bought a small ranch in Sombrillo, near the town of San Gabriel. The ranch had an old adobe house on it which only now, after nine years of interminable repairs, had begun to look like a home. Naturally, Sabelotodo had a modest garden and his indispensable chickens, but at times it seemed to him that it might have been better to have stayed on the asphalt streets of Chicago. For, in spite of all his efforts to appear, talk, work, and even think like a real New Mexican rancher, Sabelotodo Entiendelonada always ended up getting everything ass-backwards, as Eloy would say.

By now the indignant goat had begun to struggle and bray while Sabelotodo carried on an internal battle of his own.

"But I *have* to kill it. Ay, ¡qué cabrón! Why did I have to go and open my mouth? Why did I tell everybody we'd eat cabrito? What a dumb idea!"

But it had occurred to him for a good reason, the same reason behind the majority of his actions. Sabelotodo wanted to become a part of the tradition and culture of New Mexico. And this business of the cabrito—well, it was just another custom he was obligated to follow. But there was no doubt that before he could wrap the goat up in a gunny sack and bury it with coals, he would have to kill it.

"Maybe Eloy's right," Sabelotodo thought as he looked down at his trembling hand. "I can't seem to do *anything*. Maybe it would just be better to call him right away so he could help me with this goddamned thing."

But Sabelotodo knew he didn't want to do that, not really, for it would only provide his neighbor with yet another reason to make fun of him. And there seemed to be nothing more pleasing to Eloy, Sabelotodo's insane and ever-present neighbor. Eloy would talk about the old days like an aging patriarch, but his hair and moustache were still completely black and he could work with a shovel and ax alongside any boy. He possessed an eternal laugh and mysterious eyes. Green and demented, Eloy's eyes danced beneath his yellow "Big Mac" cap, burning with rage one moment and blazing with happiness the next. Sabelotodo had never known anyone as strong-willed as Eloy Salazar—this man who had simultaneously enriched his life and made it absolutely impossible.

But Sabelotodo seemed destined to have a difficult time of things. After all, he had entered this world as a half-breed, hadn't he?

Legal y compró un ranchito en Sombrillo, cerca de la plaza de San Gabriel. La propiedad tenía una casa vieja de adobe que ahora, después de nueve años de reparación interminable, al fin parecía un hogar. Y sí, Sabelotodo tenía una huertita modesta y sus gallinas indispensables, pero a veces se le hacía que hubiera sido mucho mejor quedarse en las calles de brea en Chicago. Pues, a pesar de todos sus esfuerzos de parecer, hablar, trabajar y hasta pensar como un verdadero ranchero nuevomexicano, Sabelotodo Entiendelonada siempre salía "cagando el palo", como decía el Eloy.

Ya el cabrito indignado había comenzado a brincar y bramar, mientras que Sabelotodo luchaba en su mente.

—*Tengo* que matarlo. ¡Ay qué cabrón! ¿Por qué tuve que abrir la boca y decirles a todos que íbamos a comer cabrito? ¡Qué idea tan estúpida!

Pero la había tenido por una buena razón—la misma razón que motivaba casi todas sus acciones. Pues, Sabelotodo quería ser parte de las tradiciones y cultura de la gente nuevomexicana. Y ésta era nomás otra costumbre que estaba obligado a hacer. Pero claro que antes de echar el cabrito en un guangoche y enterrarlo en las brasas, lo tendría que matar.

—Tal vez el Eloy tenga razón —pensó Sabelotodo, mirando su mano temblante—. No puede hacer *nada*. Quién sabe si no fuera mejor llamarlo que me ayude con este diablito.

Pero Sabelotodo sabía que no quería hacer eso, porque le iba a dar a su vecino nomás otra ocasión para burlarse de él. Y, ¡cómo le gustaba burlarse al Eloy!—el vecino omnipresente y reteloco de Sabelotodo, quien platicaba de los tiempos antiguos como un anciano pero quien tenía al cabello y el bigote bien negro y trabajaba con la pala y el hacha como un muchacho. Siempre andaba con una risita y unos ojos misteriosos. Verdes y enloquecidos, los ojos del Eloy bailaban debajo de su cachucha amarilla de "Big Mac"—encendidos con rabia un momento y alegría el otro. Sabelotodo nunca había conocido a nadien como este Eloy Salazar—una persona con tanta fuerza de personalidad que había enriquecido la vida de Sabelotodo pero, a la misma vez, se la había hecho increíblemente pesada.

Bueno, pero el destino de Sabelotodo había sido tener una vida difícil. Pues, había entrado al mundo como un "coyote", ¿que no? Y, ¿no era ésa la razón por la cual hablaba un español tan terrible y

And wasn't that the reason why he spoke such a terrible and artificial Spanish? But how was he supposed to learn Spanish when the only time he used it was during the summers with his grandmother? Of course, Sabelotodo had taken a number of Spanish courses in college, but that had only confused him even more because the people in northern New Mexico spoke such a unique and archaic dialect that Sabelotodo couldn't understand half of what they said.

And how could he understand the life of a rancher? After his grandfather died when Sabelotodo was only five years old, the boy spent his summers in New Mexico with his grandmother. So how in the hell was he to know that you were supposed to irrigate *before* planting the garden? The first year in Sombrillo, Sabelotodo had planted his cucumbers and lettuce, his chile and carrots—and then he had allowed the entire ditch to flood his tiny plot. And he couldn't figure out what had happened until weeks later when the only plants, outside of weeds, came up at the very end of the rows.

And how could he understand Eloy's wild laughter when Sabelotodo showed him, with the greatest pride, the new tractor he had purchased in order to work his half-acre of land? Sabelotodo just figured *every* rancher had to own a tractor.

Then, another neighbor had sold him twenty chickens. Sabelotodo had thought they were sick when they refused to lay a single egg—that is, until Eloy informed him that they were all roosters. No wonder they fought all the time! Sabelotodo figured that was just the way those animals were, or that maybe they weren't laying because of the constant fighting.

It had certainly been a trying experience, this ranching. There was the time too that Sabelotodo had found a hole in his garden where all the irrigation water was funneling away. Muskrats, Eloy had told him, lending him traps to capture the pests. But Eloy forgot to teach Sabelotodo how to set the traps, and the first one sprang closed, burying its sharp, rusty teeth in Sabelotodo's hand. And, in spite of a number of vaccinations, his hand had become infected and badly swollen. Worst of all, it was his right hand, which impeded his work at the Legal Aid office.

Yet, if Sabelotodo understood precious little about the life of a rancher, he was stubbornly determined to learn. And one thing he learned very quickly was that you had to tie up your dogs at night. Sabelotodo had never owned a dog in his life, but he had bought one after losing his television, tape recorder, and radio to thieves the very

artificial? ¿Cómo iba a aprender español nomás usándolo en los veranos con su abuela? Sí, claro que Sabelotodo había tomado varios cursos de español en el colegio, pero eso nomás le había acabado de confundir, porque la gente del norte de Nuevo México hablaba un idioma tan único y arcaico que Sabelotodo no entendía ni la mitad de lo que decían.

Luego, ¿cómo iba a conocer la vida de un ranchero? Pues, su abuelo se había muerto cuando Sabelotodo apenas tenía cinco años, y sus veranos en Nuevo México los pasaba con su abuelita. ¿Cómo demontres suponía de saber que uno regaba *antes* de sembrar la huerta? Ese primer año en Sombrillo, Sabelotodo había sembrado sus pepinos y lechuga, su chilito y zanahorias—y luego había soltado la acequia. Y no podía figurar qué había pasado hasta sémanas después, cuando las únicas matitas, fuera de las yerbas, salieron en la mera orilla de la milpa.

¿Cómo iba a comprender la gran risa que le dio al Eloy cuando Sabelotodo le enseñó, con todo orgullo, su tractor nuevo que había comprado para trabajar su medio acre de terreno? Pues, Sabelotodo pensaba que *todos* los rancheros tenían que tener su tractorcito.

Luego otro vecino le había vendido veinte gallinas. Sabelotodo había pensado que estaban enfermas cuando no ponían ni un huevo—hasta que el Eloy le dijo que eran puros gallos. ¡Con razón peleaban tanto! Sabelotodo había figurado que nomás así eran los animales, o pueda que por pelear no ponían huevos.

Había sido una experiencia bien trabajosa, ésta de ser "ranchero". Como aquella vez cuando Sabelotodo había hallado un pocito en su jardín donde se tragaba toda el agua como por un embudo. Tuzas, le había dicho el Eloy, y le prestó unas trampas para atraparlas. Nomás que no le había enseñado cómo ponerlas y la primera se soltó, enterrando los dientes afilados y mojosos en la mano de Sabelotodo. Y, a pesar de las vacunas, se le había infectado e hinchado feamente. Lo peor fue que era la mano derecha, y eso le impidió en su trabajo en la oficina de la Ayuda Legal.

Pero si Sabelotodo entendía muy poco del trabajo del ranchero, sí era terco, aferrado en aprenderlo. Y una cosa que aprendió *muy* presto fue que uno amarraba los perros por la noche. Pues, nunca había tenido un perro en la vida, pero fue y compró uno cuando perdió su televisión, grabadora y radio a ladrones su primera semana en Sombrillo. Pero Sabelotodo no sabía que era un perro anducio y que un domingo en la mañana un vecino del otro lado del camino le iba a

first week he was in Sombrillo. But how was he to know the dog he
had purchased was the "wandering" type, and that one Sunday
morning a neighbor from the other side of the road would appear
knocking at Sabelotodo's door with the dog in his arms? Perhaps because the neighbor knew Sabelotodo was a lawyer, he had brought
along the evidence—the stupid Irish setter with a few feathers still
hanging from his dumb mouth. The feathers, of course, were from
the neighbor's chickens—or his turkeys, actually—the same turkeys
he had discovered dead in his chicken house along with
Sabelotodo's dog.

It was just another opportunity for Eloy to laugh, and he told
Sabelotodo that he had *known* all along that kind of dog was no
good. It was a city dog, not an animal that belonged out on a ranch.
An intelligent dog—well, it would never be stupid enough to get
caught inside a chicken house with the evidence in its mouth. And
when Sabelotodo had informed Eloy that the neighbor had charged
him forty dollars for the trio of dead turkeys, Eloy had laughed even
harder. "You better kill that dog and eat it," said Eloy. "That meat
has got to be good!"

Sabelotodo didn't chow down on the dog, but he did take it to
the animal shelter in town. And then, soon afterwards, almost as if it
were preordained by fate, Sabelotodo lost three of *his* own chickens
to a nocturnal dog. He spent all of the following day reinforcing his
chicken house, but the damned animal returned that evening and
killed four more. By that time Sabelotodo had gotten angry, and he
wrapped double wire around the entire chicken house. He even
buried the wire all around! But the next morning he discovered the
wire had been ripped apart *again*. There were dead chickens scattered everywhere. It looked like the dog had killed them for the pure
pleasure of it, for he hadn't eaten a single one. Sabelotodo could only find five chickens and one old rooster still alive, hidden in the
cracks of the haystack.

It was then that Sabelotodo had gone to his neighbor for advice.
"Well, you gotta kill them dogs," Eloy told him as if it were the most
apparent thing in the world.

"How?" Sabelotodo had asked him.

"Well, you just give 'em a good kick," Eloy had laughed. "You
shoot them, man— how d'ya *think*?"

"But I . . . I . . . don't own a carbine."

When Eloy finally recovered from the laughter Sabelotodo had

tocar la puerta con el perro de Sabelotodo en brazos. Quizás porque sabía que Sabelotodo era un abogado, el vecino había traído la evidencia—el Irish setter pendejo con unas plumas todavía en su boca estúpida. Las plumas, naturalmente, pertenecían a las gallinas del vecino—o, mejor dicho, sus guajalotes, que él había hallado muertos en su gallinero con este perro de Sabelotodo adentro.

Otra cosa más para darle risa al Eloy, y le dijo a Sabelotodo que él *sabía* que esa clase de perro no servía—que era un animal de la *plaza*, no del rancho. Pues, un perro inteligente no haría eso—quedarse atrapado dentro de un gallinero con la prueba en la boca. Y cuando Sabelotodo le dijo que el vecino le había cobrado cuarenta pesos por los tres guajalotes muertos, pues hasta más risa le dio al Eloy. —Vale más que mates a ese animal y te lo comas —dijo el Eloy—. ¡Esa carne debe de ser buenísima!

Bueno, Sabelotodo no cenó perro, pero sí lo llevó a la casa de perros de la plaza. Y luego, prontito después—como si fuera preordinado por una ley invisible—Sabelotodo perdió tres de *sus* gallinas a un perro nocturno. Pues, pasó todo el día siguiente reforzando su gallinero pero el maldito animal volvió en la noche y mató cuatro más. Ya Sabelotodo sí se enojó y puso alambre doble por todo el gallinero—hasta lo enterró. Y, en la madrugada cuando fue pa'llá, pues resultó que el demonio había rompido el alambre *otra vez*. Había pollos muertos por dondequiera—quizás los había matado nomás por el puro gozo de matarlos, porque no parecía que se había comido ni uno. Sabelotodo no halló más que cinco gallinitas vivas y el gallo viejo que se habían escondido en unas rendijitas del zacate.

Era entonces que Sabelotodo fue a su vecino por su consejo.

—Pues, tienes que matarlos, hombre —le dijo el Eloy como si fuera la cosa más clara del mundo.

—¿Cómo? —le había preguntado.

—Pues, nomás les das una patada bien dada —dijo el Eloy, riéndose—. Con un tiro, hombre—¿cómo piensas?

—Pero . . . yo . . . yo no tengo un fusil.

Cuando el Eloy se recuperó de la risa que le dio Sabelotodo al decir la palabra "fusil"—¿dónde aprendites eso, en el colegio?—se puso muy apenado. Pues ¿cómo podía vivir un hombre sin un rifle? Una cosa *imposible* para el Eloy. Nomás los "hippies" y los jotos no tenían tan siquiera un veintidós en la casa, el Eloy le había dicho. Y Sabelotodo se dio cuenta en ese momento que valía más nunca

inspired with the word "carbine"—where did you learn *that*, in college?—he became worried. How in the hell could a man survive without a rifle? It was impossible. Only hippies and queers didn't at least have a .22 in the house, Eloy had said. And, at that moment, Sabelotodo realized that he had better never mention, not even in his sleep, how he had managed to avoid the draft.

Of course, you have to understand it was during the Vietnam war, and many of Sabelotodo's friends were doing all sorts of crazy things to keep from going to the opposite side of the world in order to kill poor peasants for absolutely no reason. Some of his buddies had split to Canada, and others had applied for "Conscientious Objector"—a ruse that rarely worked. A lot of guys injected drugs in order to appear sick or crazy, and one acquaintance of Sabelotodo's who lived in the same apartment house with him had even shot himself in the foot. But Sabelotodo, well, he had played it cool. At least he thought so. He had simply told them he was a homosexual and he'd even winked at the sergeant who was filling out his forms. And it had worked—thank God!—but if someone like Eloy ever found out about it, well. . . .

"Let's go buy you a rifle, man. You can't get along without one!" Eloy had said. And so Sabelotodo went to buy his first rifle. Actually, he only paid for it—Eloy was the one who picked it out.

"Okay. Now, what you gotta do is go over there real early in the morning to wait for them," Eloy told Sabelotodo. "Cause that's when dogs always come, early in the morning."

So. Sabelotodo wasn't all that excited to do that. After all, he was pretty fond of his warm bed in the early hours of the morning. But he got up and went out there anyway, because he knew Eloy would be listening for him, if not actually watching him. And the very first morning he did spot the intruder, a gigantic German shepherd that looked more like a wolf than a dog. But Sabelotodo couldn't kill it. Instead of pulling the trigger, he ran after the dog, waving the rifle like a baton when—suddenly—a shot rang out. Sabelotodo leaped into the air like a frightened jack rabbit and gazed down in confusion at the rifle in his hands. But it was Eloy who had shot the dog that now limped towards the fence, yelping while his guts trailed behind him.

"He's not gonna bother you no more," Eloy said as he walked up with his 30.06 on his shoulder. "But what in the hell were you trying to do with that gun, man—hit him over the head with it? You better

mencionar, ni en un sueño, la manera en que él evitó la conscripción en el ejército.

Pues, hay que entender que era en el tiempo de la guerra de Vietnam, y muchos de sus amigos estaban haciendo toda clase de tonterías para no tener que ir pa'l otro lado del mundo a matar campesinos pobres sin ninguna razón. Algunos se habían pintado para Canadá y otros aplicaban para la "oposición de conciencia"—un engaño que en muy pocos casos convencía. Muchos se inyectaban drogas para que parecieran bien enfermos o locos; pues, hasta un conocido que vivía en la misma casa de apartamientos se había dado un tiro en el pie. Pero Sabelotodo, pues la jugó murre suave—a lo menos a él se le hacía. Nomás les había dicho que era un homosexual y hasta le había pestañeado al sargento que andaba leyendo sus formas. Y resultó—¡gracias a Dios!—pero si alguien como el Eloy supiera, pues. . . .

—Vamos a comprarte un rifle entonces, hombre. ¡No puedes estar sin uno! —le había dicho el Eloy y, sí, fueron y Sabelotodo compró su primer rifle—bueno, lo pagó nomás, porque el Eloy lo escogió.

—Bueno, 'hora tienes que irte pa'llá muy de mañana a esperarlos —le dijo el Eloy—, porque a esa hora los perros vienen siempre—en la madrugada.

Bueno. Sabelotodo no tenía ni tantas ganas de hacer eso—pues, bien le gustaba su cama calientita en las horas tempranitas—pero fue siempre, porque sabía que el Eloy iba a estar escuchando o hasta mirándolo. Y sí, la primera mañana vido al transgresor—un shepherd grandísimo que mejor se parecía a un lobo que a un perro. Pero no podía matarlo. En lugar de apretar el disparador, pues Sabelotodo nomás corrió detrás de él, agitando el rifle como si fuera un bastón, cuando—de repente—un tiro sonó. Sabelotodo brincó pa'rriba como una liebre espantada y miró el rifle en sus manos en confusión. Pero fue el Eloy el que le había tirado al perro, que ahora cojeaba hacia el cerco, chillando, arrastrando sus tripas.

—Ya ése no te va a molestar jamás —dijo el Eloy mientras que se arrimaba con su 30.06 en el hombro—. Pero ¿qué diablos querías hacer con ese rifle, hombre—darle un garrotazo? Vale más que te cuides, o te va a faltar una talega de repente.

Bueno, y cierto que ese primer noviembre, Sabelotodo estaba *obligado* a ir de caza con el Eloy y todos sus hermanos mesteños en el rancho de su papá allí en la sierra del Jémez. Aunque no le

be careful, man, or you're gonna blow one of your goddamned balls off!"

And, of course, that first November Sabelotodo was in Sombrillo he had to go hunting with Eloy and all his crazy brothers up at their father's ranch in the Jémez mountains. Although Sabelotodo didn't like the idea of killing innocent animals, he looked forward to the trip for there was nothing he enjoyed more than hiking in the mountains. And Eloy's father did have a beautiful ranch, hidden in the highest reaches of the forest. But when Sabelotodo saw the cabin, he lost every shred of his enthusiasm. There was mouse shit all over the place—in the beds, on the chairs, the stove, and the table. The primitive walls were missing huge chunks of mud plaster, and straw and dirt sifted down from the rotting roof. Everything in the cabin was covered with a half-inch of dust, and though Eloy offered the best mattress in the house to Sabelotodo, he was so scared of bedbugs that he slept on the floor instead. The only problem was that there he was on the same level with the mice that scratched around his ears all night long.

But the mice were a minor inconvenience in comparison with Eloy's brothers. From the very outset, Eloy had poisoned Sabelotodo's relationship with them by constantly addressing him by his nickname. Naturally, Eloy had also felt obligated to explain the origin of the name, and then he'd gone and told his brothers that this was the first time Sabelotodo had ever gone hunting. Well, that was the same thing as calling him a baby in the brothers' eyes, for each of them had killed his first deer before turning ten years old. To make matters worse, Sabelotodo looked more like his father than his mother, and he had to repeatedly explain to the brothers that he was really a Chicano—well, a coyote, even though he looked blonder than a lot of gringos. But that point was all the harder to make when Sabelotodo talked in his academic Spanish with the awful gringo accent. The brothers had nearly split a gut laughing when he had told them he was going to "situate the vehicle" instead of simply parking the truck. Sabelotodo, in fact, ended up talking to them solely in English—that is, when he did talk at all. There was little need to open his mouth since the brothers ignored him all day long while they drank their booze.

And then Sabelotodo had walked off by himself and gotten lost. Actually, he might not have gotten lost had he not become so frightened when he lost the trail. But he panicked, walking blindly in

cuadraba la idea de ir a matar pobres animales inocentes, Sabelotodo esperaba la ocasión con anticipación—pues, no había cosa que
le gustaba más que andar por el monte. Y sí, el papá del Eloy tenía
un rancho hermosísimo—muy alto y escondido entre los brazos de la
floresta. Pero cuando Sabelotodo vido la cabaña, pues se le acabaron todas las ganas. Había cagarutas por toda la casa—en las
camaltas, las silletas, la estufa, la mesita. A las paredes primitivas les
faltaban pedazos gigantes del enjarre de zoquete—y paja y tierra se
caiba por el techo roto. Todo estaba cubierto de una media pulgada
de polvo y aunque el Eloy le ofreció el mejor colchón de la cabaña,
al Sabelotodo le dio tanto miedo de las chinches que mejor durmió
en el suelo. Nomás que allí estaba al mismo nivel que los ratones y
toda la noche los oía rasguñando.
      Pero los ratones todavía no eran nada en comparación con los
hermanos del Eloy. Bueno, desde el principio el Eloy había envene-
nado la relación de Sabelotodo con ellos, llamándole constantemen-
te por su sobrenombre. Naturalmente, se vio obligado a explicar el
nombre, y luego fue y les platicó que era la primera vez que Sabelotodo había ido a cazar. Pues, eso era la mismita cosa que llamarle un
niñito en los ojos de los hermanos, como cada quien de ellos había
matado su primer venado antes de cumplir diez años. Luego,
Sabelotodo se parecía a su papá más que a su mamá, y quién sabe
qué tantas veces tenía que explicarles que era un chicano—bueno,
un coyote—aunque era más güero que muchos gabachos. Pero se
ponía más difícil convencerlos de eso cuando Sabelotodo platicaba
en su español académico con su acento agringado. Pues, parecía
que se iban a *destripar* de la risa cuando les dijo que él iba a "esta-
cionar la camioneta" en lugar de "parquear la troca". Al último,
pues, les hablaba nomás en inglés *cuando* hablaba—no había ni
necesidad de abrir la boca tanto porque ellos lo ignoraban todo el día
mientras que se echaban sus tragos.
      Luego Sabelotodo había salido solo y se había perdido. Bueno,
fácil no se hubiera perdido si no se hubiera espantado tanto cuando
perdió la vereda. En su estado de pánico, pues había caminado por
todos rumbos hasta que se había puesto oscuro y tuvo que pasar la
noche helándose en una cueva que tuvo la muy buena suerte de encontrar. Cuando lo hallaron por la mañana medio helado, pues los
ojos de los hermanos casi lo acabaron de helar. Pero el Eloy tenía
tanto gusto de verlo que Sabelotodo se sintió un poco mejor. A

circles until finally it had gotten dark and he had been forced to pass
the night freezing to death in a cave he'd had the good fortune to
stumble upon. When they discovered him the following morning
half-frozen, the brothers' cold eyes pretty much finished the job. But
when he saw how happy Eloy was to see him, Sabelotodo felt a little
better. For, in spite of all the chiding and cursing, Sabelotodo's
neighbor must have really missed him and, well, liked him.

Yet, being liked was still not the same thing as being respected,
and *that* was what Sabelotodo desired more than any other thing.

Sabelotodo was fighting for Eloy's respect, and that of his neighbors and all the people of the community—just as he continued to
struggle with the poor cabrito still trapped between his legs. And it
looked like that battle for respect was about as successful as his struggle with this animal, he thought. But he would never give up. And if
they wouldn't respect him for his gardening skill or for his ability to
shoot a gun, well, they would finally have to recognize all his efforts
on behalf of the community in his capacity as a lawyer.

Not that that was such an easy task either, for even the title itself,
"lawyer," was spoken like some kind of curse in northern New Mexico. And with good reason too, Sabelotodo reflected. After all, it had
been the very lawyers—Catron, Elkins, and that whole pack of
thieves—who had stolen the land from the people. And Sabelotodo,
like Tixerina and many others, considered the loss of the land to be
the principal cause of many of the problems encountered by the raza
in the North—from unemployment to the breakdown of the traditional family. And so Sabelotodo did battle for his clients, especially
when the case involved land. He was, in fact, currently serving as a
consultant for the Martínez family in their historic struggle against the
corporation of Bill Mundy, one of the big ranchers who were now the
owners of what had once been known as the Tierra Amarilla Land
Grant.

Yet, the vast majority of the lawsuits Sabelotodo handled had far
less significance and certainly precious little romanticism. A wall six
inches outside the property line, a stolen cow—those were the kinds
of cases he usually handled. But, then, Sabelotodo actually did more
for the community in his activities outside of his regular job. He was a
member of the Chicanos Unidos Party, the organization of young
people who fought against the political boss of the county, Senator
Ferminio Luján—or "Primo Ferminio," as they called him. Sabelo-

pesar de todos los regañamientos y reniegos, seguro que este hombre lo quería y lo echaba de menos.

Pero el cariño todavía no era la misma cosa que el respeto, y *eso* era lo que Sabelotodo deseaba más que otra cosa.

Y estaba peleando por el respeto del Eloy, y los otros vecinos—y toda la gente de la comunidad—igual como luchaba con el pobre cabrito todavía atrapado dentro de sus piernas. Y quién sabe si no le estaba yendo lo mismo como con este animalito, pensaba. Pero rajarse—eso no lo haría *nunca.* Y si no lo respetaban por su huerta o su habilidad de tirar un arma, pues, al fin tendrían que reconocer todos sus esfuerzos por la comunidad en su capacidad como abogado.

Eso era nada fácil tampoco porque hasta el título "abogado" era como un reniego aquí en el norte de Nuevo México. Y con muy buena razón también, reflexionaba Sabelotodo. Pues, habían sido los meros abogados—Catron, Elkins y su atajo de ladrones—que habían robado la tierra de la gente. Y Sabelotodo, como Tixerina y muchos otros, consideraba la pérdida de la tierra como la causa principal de muchos de los problemas de la raza del norte—desde la falta de empleo hasta la desagregación de la familia tradicional. De modo que Sabelotodo luchaba todo lo que podía por sus clientes, especialmente con los pleitos acerca del terreno. Ahora servía de consultante a la familia Martínez en su lucha histórica en contra de la corporación de Bill Mundy, uno de los rancheros gigantes quienes eran dueños de lo que antes se llamaba la merced de Tierra Amarilla.

Pero la gran mayoría de los pleitos no tenían tanta significación, y claro que muy poquito romanticismo. Una tapia seis pulgadas fuera de la línea de la propiedad, una vaca robada—cosas así. Pero al cabo que Sabelotodo hacía más por la comunidad en sus actividades fuera de su trabajo. Era miembro del partido de los Chicanos Unidos, la organización de jóvenes que luchaban en contra del patrón del condado, el senador Fermino Luján—el "primo Fermino" como le decían. Sabelotodo se sentía muy orgulloso de trabajar en contra de este manipulador de vidas en el condado de Río Bravo, aunque el Eloy siempre decía que no haría ninguna diferencia.

—Al cabo que los Chicanos Unidos harían la misma cosa si pudieran —decía el Eloy. Pero, al mismo tiempo, le gustaba al Eloy cuidar a los Chicanos Unidos levantar pleitos de violaciones de los

todo was proud to work against this grand manipulator of lives in Río Bravo County, even though Eloy always claimed it didn't make a damn bit of difference.

"Anyway, Chicanos Unidos would do the same thing as Ferminio if they had half a chance," Eloy would say. Yet, Sabelotodo's neighbor did take pleasure in watching Chicanos Unidos take "Primo Ferminio" to court for violations of civil rights; and he just generally enjoyed seeing them "stick it to him right where it counts," as he put it.

"He sure as hell deserves it!" Eloy would declare, even though he always voted for the "primo." Of course, the political boss had given one of his sons a job driving a garbage truck and then he had also paid that big hospital bill Eloy had through the County Indigent Fund.

But the organization Sabelotodo felt was the most important was the Society for a Clean Environment, known by its Spanish acronym, SAL. SAL was a group of residents committed to the protection of the environment—the earth, water, and air. Sabelotodo could certainly think of no cause more urgent than that, especially in northern New Mexico, the last natural paradise in the nation. Eloy, however, with his typical irreverence, had to make a joke out of that organization too. Of course, it was true that Sabelotodo was going out with Pearl, the daughter of the president of SAL. But every time Sabelotodo would go off to a meeting, Eloy would have to repeat, "Which eggs are you trying to salt—the ones between your legs?"

It didn't seem to matter how often he repeated it—each time he'd nearly die of laughter. What was ironic about that, of course, was that the love between Pearl and Sabelotodo was anything but passionate. Yet she was, in many ways, a perfect mate for Sabelotodo. For one thing, Pearl, like Sabelotodo, had been educated in the East, in Boston, and as a result possessed many of Sabelotodo's same interests and beliefs. But best of all, Pearl was a direct descendant of one of the oldest Spanish families in the valley. The coffee table in their living room was perpetually graced with a new copy of Fray Angélico Chávez' book, the one with the list of the first settlers of New Spain. For in those pages appeared the names of the family ancestors, the proof that the pure, Castilian blood of Spanish aristocracy still pumped through their veins. All this, naturally, delighted Sabelotodo, the blond half-breed, and he may well have spent time

derechos civiles en contra del "primo Ferminio" y, en general, "darle en la mera música", como decía él.

—Bien lo merece —declaraba el Eloy, pero siempre votaba por el "primo"—pues el patrón le había dado un jale a uno de sus hijos manejando una troca de basura, y también había pagado aquella cuenta grande del hospital por el fondo indigente.

Pero la organización más importante para Sabelotodo era la Sociedad por un Ambiente Limpio—SAL. Este era un grupo de residentes comprometidos a la protección del ambiente—la tierra, el agua y el aire. Sabelotodo, pues, no podía pensar en otra causa más urgente que ésa—especialmente en el norte de Nuevo México, el último paraíso natural de la nación. El Eloy, en su irreverencia acostumbrada, tuvo que hacer una burla de esta organización también. Bueno, era verdad que Sabelotodo estaba mirando a la Pearl, la hija de la presidente de SAL. Pero cada vez que Sabelotodo iba a una junta, el Eloy tenía que repetir: —Este huevo quiere "sal". O ¿serán los dos huevos?

No importaba qué tantas veces lo repetía—cada vez se escapaba de morir de la risa. Bueno—el amor entre Sabelotodo y la Pearl no era ni tan apasionado de todos modos. Pero ella, en muchos modos, era una mujer perfecta para Sabelotodo. Pues, la Pearl también se había educado en el Este—en Boston—y poseía muchas de las mismas creencias y gustos de Sabelotodo. Pero lo mejor de todo era que ella pertenecía a una de las familias españolas más viejas del valle. Siempre tenían una copia nueva del libro de fray Angélico Chávez—aquel con la lista de los primeros pobladores de la Nueva España—en la mesita de la sala. Allí estaban apuntados sus antepasados—la prueba que todavía, hoy en día, tenían la sangre pura y castellana de la nobleza española corriendo por sus venas. Eso, naturalmente, le cuadraba muchísimo a Sabelotodo, el coyote rubio—y quién sabe si no pasaba tiempo con la Pearl con algunas esperancitas que un tantito de esa pureza fácil le entraría, como por osmosis.

Y también Sabelotodo admiraba a la mamá de la Pearl, la presidente de SAL. Ella era una mujer muy fuerte, de mucho carácter. No tenía miedo de nadien. Pues, en aquella lucha con la Compañía de Madera de Capital City—quienes contaminaban el aire quemando aserrín en sus hornos gigantes—ella nunca se había rajado, ni cuando recibía amenazas anónimas por teléfono. Ella había seguido

with Pearl in hopes that a touch of her racial purity might rub off on him by osmosis.

Sabelotodo also admired Pearl's mother, the president of SAL. She was powerful, a woman of considerable character. She feared no one. In the fight against the Capital City Lumber Company, the sawmill that polluted the air with gigantic sawdust burners, Pearl's mother had never yielded an inch, even when she began to receive anonymous threats over the telephone. She had continued fighting until the court had at last ordered the shutdown of the burners. Of course, Capital City had later won an appeal decision from a higher court (the same court Primo Ferminio controlled), but now Pearl's mother was busy circulating new petitions throughout the valley.

The truth was that she reminded Sabelotodo of his own mother. It had now been twelve years since she had died, but she had once been the very strength of the family before that terrible and meaningless accident. She had been sitting in the car that Sabelotodo's father was driving through the streets of Chicago. They were on their way to the airport when suddenly a bullet came out of nowhere, passing through the window, and striking Sabelotodo's mother in the head. They had never found out who had done it or why, but there, in that moment, a rare and precious life had been destroyed for absolutely no reason.

Sabelotodo had buried his heart in that coffin, and his father, well, he had nearly lost his soul in that same box. Yet, with time, both had recovered and, ten years later, Sabelotodo's father had remarried with a woman half his age. And now, outside of his father and a few unknown uncles scattered in the four corners of the earth, Sabelotodo had no more family than his grandmother, the old lady with whom he had spent those distant summers of his youth. But Sabelotodo did not really "have" his grandmother either, for she was now so old and senile that she remembered next to nothing. She currently lived in the Four Seasons Rest Home in Santa Fe, and she hardly recognized Sabelotodo when he'd come around to visit her every week or two. It was painful to see her so wasted away. The grandmother Sabelotodo remembered always smelled of tortillas and freshly baked bread—anis and chile. But this sad old lady smelled like urine and disinfectant. Yet sometimes, though it was happening less and less all the time, Sabelotodo's grandmother would regain her memory. She would remember things way back, from when she was still a child. In those rare moments, she would talk with her hus-

peleando, hasta que al fin la corte ordenó que apagaran los hornos. Claro que después el Capital City ganó en el tribunal superior (el mismito que el primo Ferminio controlaba), pero ahora la mamá de la Pearl andaba por todo el valle con peticiones nuevas.

La verdad era que ella también le hizo a Sabelotodo acordarse de su propia madre. Ya hacía doce años que se había muerto, pero ella también había sido muy fuerte—la mera fuerza de la familia hasta ese accidente tan extraño y terrible. Ella y su papá habían estado en el carro. El estaba manejando por las calles de Chicago, en el camino al aeropuerto cuando, de repente, un tiro entró por el vidrio y pasó por la cabeza de su mamá. Nunca supieron quién lo había hecho ni por qué, pero allí, en un instante, se había acabado una vida preciosa y rara, sin ningún motivo.

Sabelotodo había enterrado su corazón con ella, y su papá casi el alma. Pero, con el tiempo, los dos se habían conformado y, diez años después, su papá se había casado otra vez con una joven la mitad de su edad. Y Sabelotodo, pues, fuera de su papá y algunos tíos desconocidos en los cuatros rincones del mundo, ya no tenía más familia que su abuela, la viejita con quien pasaba aquellos veranos tan distantes de su juventud. Nomás que ya no la "tenía" en realidad, porque la pobre anciana estaba demasiado viejita y desmemoriada, y casi no se acordaba de nada. Vivía ahora en la Casa de Viejos de las Cuatro Temporadas en Santa Fe, y ya casi ni reconocía a Sabelotodo cuando él le daba la vuelta cada una o dos semanas. Le dolía a Sabelotodo ver a la viejita tarre acabada. Su abuela siempre olía a tortillas y pan fresco—a anís y chile—pero esta pobre anciana, pues no olía a más que los puros orines y desinfectante. Pero algunas veces—ya pasaba con menos frecuencia—su abuela de repente se acordaba. Se acordaba de cosas muy atrasitas, de su vida cuando era joven. Y, en aquellos ratitos, ella platicaba con su "esposo" como si fuera un muchacho sentado delante de ella. Una vez hasta miedo le dio a Sabelotodo cuando ella empezó a platicar con él como si fuera un niño. —Cuídate con la 'cequia, Panchito —repitió—. Cuídate con la 'cequia.

Pero quién sabe si algún día no habrían ni acequias ni agua si organizaciones como SAL no lucharan en contra de los desarrolladores de tierra y patrones de las corporaciones y compañías grandes que contaminaban el ambiente—gente como Ronald Clark. Este banquero, empresario y seudoranchero controlaba toda la plaza de San Gabriel y el área alrededor también. Aunque era el dueño de

band as if he were still a young man seated right in front of her. Once, she had even scared Sabelotodo when she had begun talking to him—or the hallucination of him—as if to a small child. "Be careful with the ditch, Panchito," she had repeated. "Be careful with the ditch."

But there might not be any ditches or even any water to worry about in the future if organizations like SAL didn't battle against land developers and corporate bosses who contaminated the environment—people like Ronald Clark. This banker, manager and pseudo-rancher controlled the entire town of San Gabriel and plenty of the surrounding area as well. Although he was the owner of several businesses in the valley, including clothing, food, and hardware stores—not to mention that sawmill, the Capital City Lumber Company—Ronald Clark made the majority of his money selling land. "La Tierra Libre" was the name of the real estate corporation he had initiated with the money he had inherited from his father, one of the first merchants in the valley. Afterwards, many claimed that Ronald Clark had possessed great "foresight," but in reality, he had only done exactly what generations of gringo rip-offs had done. He had bought up land. And he had purchased some healthy chunks of property for his "ranch" back in the forties. He'd snatched up more than 15,000 acres of what had originally been the Teodoro Sánchez Land Grant, and he had rented another 9,000 from the Bureau of Land Management in order to pasture his cattle. And, inasmuch as he served on the Board of Directors at the local bank, he had encountered no difficulty in obtaining a clear title for the property. And now, being the opportunist he was, Clark had become a millionaire by taking the same land he had purchased at $51 an acre and reselling it for $5,000. He had already sold 476 lots in one of his subdivisions and he was currently developing another large section which would be reserved for mobile homes. It was bad enough that these subdivisions attracted outsiders who had no respect for the history and culture of the area, but worse yet was the fact that they polluted the water. In his eternal rush to turn a quick buck, Ronald Clark had constructed a sewage treatment system not even half the size of what he needed for all the homes in his "Tierra Libre de Arriba." The result, of course, was that for a large percentage of the time, his overtaxed treatment plant released raw sewage into the river. And the people in the small villages below who had survived for centuries on

varios negocios en el valle, incluyendo tiendas de ropa, comida y materiales de construcción y aquella Compañía de Madera de Capital City, Ronald Clark hacía la mayoría de su dinero vendiendo terreno. "La Tierra Libre" se llamaba su corporación, y Ronald Clark la había empezado con el dinero que su papá, uno de los primeros negociantes del valle, le dejó cuando se murió. Y después, muchos decían que Ronald Clark había tenido "previsión", pero en realidad nomás había hecho la mismita cosa que todas las generaciones de gringos ladrones habían hecho antes de él. Es decir, compró terreno. Y sí compró grandes pedazos para su "rancho" en aquellos tiempos de los cuarentas—más de quince mil acres de lo que había sido la merced de Teodoro Sánchez, y otros nueve mil alquiló del Bureau of Land Management para pastorear sus vacas. Y no tuvo dificultad en obtener un título limpio para el terreno tampoco—pues estaba en el cuerpo directivo del banco, ¿que no? El aprovechado estaba haciéndose un millonario vendiendo la misma tierra que había comprado a $51 el acre ahora por $5.000. Ya tenía 476 solares vendidos en una de sus subdivisiones y andaba desarrollando otra sección grande que iba a ser reservada para las puras casas movibles. Era suficientemente malo que estas subdivisiones traían gente de afuera sin ningún respeto por la historia y cultura del área, pero lo peor era que contaminaban el agua. Pues, en su apuro de hacer todavía *más* dinero, Ronald Clark había construído un sistema de "sewage" que no era ni la mitad del tamaño que necesitaba para todas las casas de su "Tierra Libre de Arriba". De modo que la mayoría del tiempo su planta dejaba los desperdicios escapar en el rito sin tratamiento. Y la gente de los pueblitos abajo, que habían vivido del agua de ese rito por siglos ya no lo podían usar, ni tan siquiera para regar.

Sabelotodo había escrito una carta de protesta al redactor del *Río Bravo Times*, pero no ayudó nada. Ese Ronald Clark, con todo su poder y riquezas, con su aeroplano particular y su reserva de cíbolo, venado, antílope, y gacela—pues, casi era imposible que alguien le amenazara. Pero Sabelotodo, con su terquedad característica, nunca dejaba de luchar—ni de escribir cartas. Pues, sus cartas al redactor del periódico local eran casi tan notorias y numerosas como las del Doctor Peterson—aquel médico loco de Corucotown que cada semana enviaba cartas fanáticas e incomprensibles sobre el gobierno, el crimen y la educación—todo menos la medicina que era la única cosa que él de deveras comprendía.

the water of that river now could no longer use it, not even for irrigating.

Sabelotodo had written a letter of protest to the editor of the *Río Bravo Times*, but the effort had been in vain. What threat was a letter or two to Ronald Clark, this wealthy potentate with his private plane and personal reserve of buffalo, deer, antelope, and gazelles? Still, Sabelotodo, with his characteristic stubbornness, refused to quit fighting—or to quit writing letters. His letters to the editor of the local paper, in fact, had become nearly as notorious and numerous as those written by Dr. Peterson, that crazy Corucotown M.D. who every week sent a new fanatical and incomprenhensible missive about the government, crime, and education—in short, about everything under the sun except for medicine which was really the only thing the doctor understood.

Sabelotodo had also gained the reputation for being something of a local radical, thanks to all his letters and particularly the one about the "gurus." After all, even Eloy had congratulated him on that letter. It wasn't that Sabelotodo was out to attack anyone, but he had been troubled for years by these young, incredibly wealthy neighbors who dressed up all in white to "play Indian" (East Indian, that is). "3HO's" they called themselves—the "Happy, Healthy, and Holy Organization," but they looked more like an army, marching through town in groups of ten or more with diapers on their heads and daggers in their belts. They never communicated with anyone and, though they claimed to be assets to the community, the truth was that they wanted to run it with their land and money—with their icy stares and wordless threats. And Sabelotodo never realized what he was going to start with that letter to the editor; after all, he had only reported what he himself had seen. One afternoon when he and Eloy were at the dump, they happened to see a truckload of those "diaper-heads" dumping some very unusual pieces of cardboard. They were targets, full of bullet holes. And Sabelotodo, well he had asked a very simple question in his letter. Why, he had written, do people who claim to be so peace-loving practice shooting all the time? Worst of all, these were no abstract circular targets; these were cut out in the form of a person.

"Right!" declared Eloy afterwards. "And they were even painted brown!"

Thus began the battle in the press between the gurus and the raza, with that single letter. The *Río Bravo Times* received enough

También Sabelotodo había agarrado la fama de ser algo de un radical con todas sus cartas. Especialmente aquella de los "gurus" le había traído reconocimiento—pues, hasta el Eloy le había felicitado por esa carta. No era que Sabelotodo quería atacar a nadien, pero estos vecinos de jóvenes retericos, vestidos de blanco y jugando a "indio" (Indios del Este, sabes) lo habían apenado por años ya. "3HO" se llamaban—"the Happy, Healthy, and Holy Organization", pero mejor se parecían a un ejército, marchando por la plaza siempre en grupos de diez o más, con sus pañales en la cabeza y sus puñales en la faja. Nunca se comunicaban con nadien y aunque decían que ayudaban a la comunidad, pues mejor la querían correr con su dinero y terreno—con sus miradas heladas y amenazas mudas. Y Sabelotodo no sabía qué iba a empezar con aquella carta al redactor—nomas reportó lo que él mismo había visto. Pues, en una tarde cuando él y el Eloy andaban en el dompe, se toparon con una troca de esos "diaper-heads". Estaban tirando unos cartones muy interesantes, llenos de agujeros donde tiros habían pasado. Pues, Sabelotodo simplemente había preguntado en su carta que si esta gente era tan pacífica, entonces ¿por qué practicaban a tirar tanto? Y luego lo peor de todo fue que estos cartones no eran círculos abstractos sino cortados en la figura de un hombre.

—Sí —dijo el Eloy después—, ¡y hasta pintados de color chocolate!

Así había comenzado la pelea en la prenza entre los "gurus" y la raza—con esa sola carta. El *Río Bravo Times* recibió tantas cartas enojadas de los "gurus" que hasta llenaron dos páginas completas por días y días. Y casi todas dijeron la misma cosa—que ¿cómo les podían atacar cuando ellos no lo merecían? Ellos no molestaban a nadien y hasta *ayudaban* a la comunidad con sus clases de "yoga" y "drug rehabilitation". Pero Sabelotodo sabía que nadien compraba esa madera. Pues, ni querían platicar con la gente, mucho menos ayudarles.

Bueno, esos "gurus" eran atascados, pero todavía no hacían tanto daño como Ronald Clark, y ahora no hacía mucho que Sabelotodo había escrito otra carta en protesta de todavía otra porquería de ese maldito ladrón. Pues, ahora habían hallado uranio en la sierra del norte y ya Ronald Clark andaba alquilando terreno a la corporación SOHIO para explorar por el mineral tan precioso y peligroso. Y para peor, una de las áreas donde exploraban más no quedaba más que a una milla de su subdivisión de "Tierra Libre de

angry letters from the gurus to fill two complete pages of the newspaper for days. And every letter said more or less the same thing,
namely that they had been unjustly attacked. They never bothered
anyone, the gurus said; in fact, they were even an asset to the community with their yoga and drug rehabilitation classes. But Sabelotodo knew nobody bought all that bullshit. The gurus wouldn't even
talk to anyone, much less lend a helping hand.

Those gurus were a pain in the ass but they still weren't as harm-
ful as Ronald Clark, and Sabelotodo had recently written yet another
letter protesting that thief's latest dirty trick. Just lately, uranium had
been discovered in these northern mountains, and Ronald Clark had
already started renting property to the SOHIO corporation to search
for the valuable and hazardous mineral. What was worse, one of the
areas where they were concentrating the exploration was less than a
mile from Clark's "Tierra Libre de Arriba" subdivision. But that was
just like the fucker, Sabelotodo thought as he gazed down at the goat
still trapped between his knees. He constructs the houses where people live, mines the radioactive poison that kills them, and then he
sells them the lumber to make their coffins. Not even the priest at
Sacred Heart Church possessed more influence over the destiny of
the community than this Clark who was photographed every week in
the *Río Bravo Times* handing over another check to the Boy's Club
or lunching with Governor Prince. Not even the political boss himself, Primo Ferminio, had more control—and certainly, the two men
got together on a regular basis to work out deals of mutual conven-
ience, guaranteed to continue screwing over the poor.

In his letter to the editor, Sabelotodo had announced the
planned protest march to Ronald Clark's office in the new government building in town. There, the marchers would hear music and
speeches against the exploration of uranium in Río Bravo County.
And the march would begin at Sabelotodo's house where the pro-
testors would meet to plan strategy over plates of piping hot roast
cabrito.

But the only thing hot about the goat now was his blood which
was still coursing through his veins while he kicked and bleated like
the devil himself. And so the moment had arrived, that moment of
trial and truth that seemed, at least to Sabelotodo, to arrive with such
frequent vengeance in this place. Now he would have to do it, because if he didn't, the cries of the goat would surely reach Eloy's
ready ears. So Sabelotodo clamped his eyes shut, thought about that

Arriba". Pero así era el cabrón, pensó Sabelotodo mirando el cabrito todavía entre sus rodillas—construye las casas donde vive la gente, saca el veneno radioactivo que los mata y luego les vende la madera para hacer sus propias cajones.

Ni el padre de la iglesia del Sagrado Corazón tenía más influencia sobre la vida y la muerte que este Clark que salía retratado cada semana en el *Río Bravo Times,* dando otro cheque al Boy's Club o almorzando con el Gobernador Prince. Ni el mero patrón político, el primo Ferminio, tenía más control—y claro que los dos se juntaban regularmente para negociar unos tratos de conveniencia mutua, movidas que acababan de fregar a los pobres.

En su carta al redactor del periódico, Sabelotodo había anunciado el plan de la marcha de protesta que terminaría en las oficinas de Ronald Clark en el edificio nuevo del gobierno de la plaza. Allí los participantes iban a escuchar música y varios discursos en contra de la exploración por el uranio en el condado de Río Bravo. Y la marcha iba a iniciarse en la casa de Sabelotodo donde la gente se juntaría a planear la estrategia sobre unos platos calientes de cabrito asado.

Pero aquí estaba el cabrito, con la sangre todavía corriendo y ca-liente—dando patadas y bramando como el mero diablo. Bueno, ya había llegado el momento, aquel momento de verdad y prueba que se le hacía a Sabelotodo que llegaba tan seguido y con una venganza increíble en este lugar. Pues, ya lo iba a *tener* que hacer—si no, cier-to que los bramidos ahorita iban a alcanzar los oídos entremetidos del Eloy. Sabelotodo apretó los ojos, pensó en ese cabrón de Ronald Clark con su cigarro gigante y su New Yorker blanco, y cortó la garganta del cabrito. Pero lo hizo con *tanta* delicadeza que apenitas pasó por el cuero. Pues, claro que no lo había acabado de degollar porque el pobre animal soltó unos bramidos pero grotescos.

—¡Cállate! —Sabelotodo le gritó al animal herido que luchaba más que nunca, llenando el hombre con sangre. Pero, ¿ya qué?—el cabrito ya no lo iba a escuchar, y Sabelotodo sabía exactamente lo que iba a pasar. Pues, ahorita llegaría el Eloy con aquella sonrisa cabrona en los ojos para ver todas sus pendejaditas. Y, con ese mie-do, pues Sabelotodo se excitó todavía más.

—¡Cállate cabrón! ¡Cállate! —le siguió gritando con una voz asus-tada, mientras que le daba cuchillada tras cuchillada como un hom-bre endemoniado.

Y así lo halló el Eloy quien vino corriendo de su yarda, donde había estado trabajando en las brecas de su troca.

fucking Ronald Clark with his huge cigar and his white New Yorker,
and cut the goat's throat. But he did so with such delicacy that the
knife barely sliced through the animal's hide. There was no doubt he
hadn't cut all the way through the throat because the goat kept right
on bawling, more grotesquely now than ever.

"Shut up!" Sabelotodo screamed at the wounded animal that
struggled and covered him with blood. But what was the use? The
goat certainly wasn't going to listen to him, and Sabelotodo knew exactly what would happen. Soon Eloy would arrive with that fucking
smile in his eyes to witness Sabelotodo's stupidity. And that fear
flustered Sabelotodo even more.

"Shut up, you fucker! Shut up!" he continued to scream in fright
while he sliced wildly at the goat's throat like a man possessed.

And that, of course, was exactly how Eloy found Sabelotodo
when he came running up from his yard where he had been working
on the brakes in his truck.

"Sonofagun! What the hell are you doing?" Eloy asked in an in-
credulous tone, shoving Sabelotodo to one side and killing the
animal with a single swipe of the knife.

The silence that followed seemed larger to Sabelotodo than the
New Mexican sky itself above his head. Eloy cleaned the knife on his
pants and gazed at Sabelotodo whose own trousers were soaked
with blood.

"Why did you wanna make the poor animal suffer, man?" he
asked, as if Sabelotodo had done it on purpose.

"And now you lost the blood too. That's the best part, guy! What
a shame! Why didn't you call me? You don't understand all that
business. Oh well, it's too late now," he said, looking at the mutilated
goat. "Let's skin it."

And he went to his shed for a rope to hang up the animal and, he
said, to get a knife that was worth a damn because this piece of shit
that Sabelotodo was using was no better than a scrap of iron. While
Eloy was in his yard, Sabelotodo considered throwing himself into
the ditch—in spite of his grandmother's warnings. But here came
Eloy already, loaded down with a rope, three knives, a pan, several
plastic sacks, a sharpening stone, a roll of twine, and three or four
gunny sacks.

And, in a matter of moments—Sabelotodo had barely had time
to wash his hands in the ditch—Eloy had the goat skinned. Then,
while Sabelotodo simply looked on with an enormous and mortally

—¡Qué sanamagón! ¿Qué estás haciendo, hombre? —le preguntó en un tono severo de incredulidad, quitando a Sabelotodo y matando el animal con una sola pasada del cuchillo.

El silencio que siguió era más inmenso para Sabelotodo que el mero cielo nuevomexicano sobre su cabeza. El Eloy limpió el cuchillo en sus calzones y miró a Sabelotodo con los suyos remojados de sangre.

—¿Por qué quisites hacer al pobre animal sufrir, hombre? —le preguntó, como si Sabelotodo lo había hecho de adrede.

—Y ya perdites toda la sangre—¡esa es la mejor parte, hombre! ¡Qué lástima! ¿Por qué no me llamates? Tú no conoces esta clas de negocio. Bueno—¿ya qué? —dijo, mirando al cabrito mutilado—. Vamos a desollarlo.

Y fue a su despensa por un cabresto para colgar el animal—y un cuchillo que sirviera—pues, esa "mugre" de Sabelotodo era la mismita cosa que cualquier pedazo de fierro, dijo. Y mientras que el Eloy andaba allá, a Sabelotodo le dieron ganas de brincar en la 'cequia y ahogarse—a pesar de las amenazas de su abuelita. Pero aquí venía el Eloy ya con los brazos llenos—con un cabresto, tres cuchillos, una ollita, varios sacos de plástico, una piedra para amolar cuchillos, un rollo de mecate y tres o cuatro guangoches.

Y, en unos cuantos momentos—pues, Sabelotodo apenas había tenido tiempo de lavarse las manos en la acequia—el Eloy tenía el cabrito desollado. Luego, mientras que Sabelotodo nomás miró con un cuchillo enorme y mortalmente amolado en la mano, el Eloy abrió el animal, explicándole el modo propio de manejar el cuchillo en la destripada para que no se emporcara la carne, y platicando sin cesar del problema de las brecas en su troca y el tiempo tarre seco y la necesidad de *aprender* estas cosas tan esenciales de la vida. Puso a Sabelotodo a cortar las patas y luego interrumpió uno de sus chistes obscenos para decirle: —A la pata, hombre ¡no a la mano! —cuando Sabelotodo se cortó un dedo. Pero, a lo menos, Sabelotodo no tuvo que sufrir otra burla con su dedo metido en la boca porque un hijo del Eloy le gritó del cerco: —¡Aquí está el hombre de la yegua, papá!

El Eloy se fue, después de explicarle a Sabelotodo cómo tenía que envolver la carne en los guangoches y hacer un pozo y una lumbre para enterrarlo. —Ya tengo que irme. Aquí vino éste con su yegua a ver si mi caballo no le da un favorcito.

Y, mientras que cruzaba los alambres del cerco, el Eloy dijo:

sharp knife in his hand, Eloy opened the animal, explaining the proper method of handling the knife to cut away the guts so that the meat would not get spoiled. And all the while he kept up a running monologue about the problem with the brakes in his truck and the dryness of the weather and the absolute necessity of learning such essential things as how to slaughter an animal. He put Sabelotodo to work cutting off the hooves and stopped in the middle of one of his obscene jokes to tell him: "The hoof man, not the hand!" Sabelotodo, of course, had cut himself on the finger. But at least he hadn't suffered through more of Eloy's teasing when he stuck his finger in his mouth because, at that moment, one of Eloy's sons called him from the other side of the fence. "Papa, the guy with the mare is here!"

Eloy left, after explaining to Sabelotodo how he had to wrap the meat up in the gunny sacks and dig a hole where he'd have to make a fire and bury the meat. "I've gotta go. There's a guy here who brought his mare to see if my stud won't do her a little favor."

And as he crossed the barbed wire fence he added, "What a life, no, Sabelotodo? I wouldn't mind having it as nice as that stud. Eat day and night, and get a new piece of ass every now and then, just for the exercise! And they even pay *you* for it! That animal's got it made, no?"

Before Sabelotodo could reply, Eloy disappeared. So Sabelotodo went and connected the water hose to wash the meat down before lowering it. (It was a good thing Eloy didn't see him do that!) Then he got the gunny sacks and wrapped up the animal that looked so skinny now. He tossed a few boards into the hole, baptized them with kerosene and lit them, narrowly avoiding burning off his eyebrows when the flames leaped up. He threw the meat into the hole, picked up the broken shovel with the taped handle, and filled up the hole with dirt.

"Thank God that's all over," Sabelotodo said as he entered the house to clean up.

Now that he had showered and had everything ready for the following day, Sabelotodo could relax. He got in his '69 VW and drove to Happy Days Drive-up Liquors for a six-pack of Coors. Like always, he was amazed at how many underage kids were lined up to purchase their "holy water." And why not? The owners sold them everything they asked for, seemingly without fear. Sabelotodo took

—¡Qué vida!—¿no, Sabelotodo? Pues, yo también quisiera pasarla como este caballo. Comer día y noche y rosquiar con una nueva de vez en cuando ¡nomás por el ejercicio! Y luego hasta te pagan. Este sí la tiene hecha, ¿no? Y antes que Sabelotodo le pudo contestar, el Eloy se desapareció. Sabelotodo fue y conectó la tripa de agua para lavar la carne antes de bajarla—y ¡la suerte que el Eloy no lo vido hacer eso! Luego, envolvió el animal que ahora se veía tarre flaquito en los guangoches. Echó unas tablitas en el pozo, las bautizó con aceite de lámpara, y las prendió, escapándose de quemar las cejas cuando las llamas brincaron pa'rriba. Tiró la carne pa'dentro, agarró la pala con el cabo "teipeado" donde se había quebrado y enterró todo.

—Gracias a Dios que eso se acabó —dijo Sabelotodo y entró a la casa a bañarse.

Ya limpio, con todo preparado para la mañana, Sabelotodo pudo descansar. Subió en su 69 VW para ir al Happy Days Drive-up Liquors por una seis de Coors. Como siempre, le extrañó como había tanta plebecita esperando para comprar su "agua bendita". Y les vendían todo lo que pedían, sin ningún miedo, quizás. Luego Sabelotodo manejó pa'trás a su casa y se tardó media hora para viajar dos millas porque todos los chamacos andaban "tirando el cruise" en sus "lowrides" y carros bajitos que raspaban las panzas en el pavimento y que nunca iban más de quince millas por hora.

Ya en la casa, se sentó en su portal y abrió una Coors, pero no hasta después de buscar debajo del suelo con el cabo de un cavador porque todavía no hacía ni una semana que el Eloy había tenido que venir a matar una víbora allí. —¿Qué no la quieres, hombre? ¡Para un regalo pa' Mother's Day! —se había reído el Eloy, ofreciéndole la criatura horrible.

Luego el Eloy *tuvo* que decirle que las víboras siempre andan en pares, pero que no se preocupara. —Nomás dale un cavadorazo —le había dicho—, y no vayas a tirarla tampoco. Si tú no quieres el cuero y los cascabeles, yo sí los puedo usar.

Desde entonces, Sabelotodo había metido un palo debajo del portal cada vez que entraba o salía de la casa. Pero parecía que esta noche no andaba la compañera de la pobre víbora aplastada y Sabelotodo tomó un buen trago de su cerveza y pensó en llamar a la Pearl, pero decidió de no telefoniarle. Ahora mismo se sentía tan bien solo, aquí con la brisa fresca y la luna subiendo por los álamos

half an hour just to drive the two miles back home because all the guys in town were out "throwin' the cruise" in their lowrides and springless cars that scratched their bellies on the pavement and never traveled more than fifteen miles per hour.

Finally back home, Sabelotodo sat down in his porch and opened a Coors, but not until he had probed under the flooring of the porch with the handle of a hoe, for it still hadn't been a week since Eloy had had to come over and kill a rattlesnake under there. "Don't you want it, guy? For a Mother's Day present!" Eloy had laughed, offering Sabelotodo the horrible creature.

And then Eloy had to tell him that rattlers always traveled in pairs, but Sabelotodo's neighbor reassured him. "Don't worry. Just give him a good whack with the hoe," Eloy had said, "and don't go and throw it away either. If you don't want the skin and rattles, I can sure use them."

Since then, Sabelotodo had stuck a pole underneath the porch every time he entered or left the house. But it appeared that tonight the companion of the poor flattened snake wasn't around, so Sabelotodo took a long drink of his beer and thought about calling up Pearl. But he decided against it. He felt so good all by himself right now with the cool breeze in his face and the moon rising over the cottonwoods down by the ditch. He was content simply to dream about tomorrow's rally while he drank his beer. And the more beer he downed, the higher his expectations grew as he imagined the multitude of people who would come the next day. The poor and humble people, the people of character and tradition—the Chicano people who would come to lift their voices in a great communal cry of protest.

Utterly content, Sabelotodo grabbed another brew and picked up his guitar to play a tune to the stars. "Tengo dinero en el mundo . . . dinero maldito que nada sirve," he sang the opening words to "La que se fue," his favorite song and one of many Eloy had taught him. It's just another of millions of things, thought Sabelotodo, that this neighbor of mine, this maniac, has taught me. They had been mostly simple things, but they were exactly what had been most lacking in Sabelotodo's life. Things like how to fix the carburetor in his car, how to plaster the walls in his house, and how to prune his three apple trees. How to be independent—that was what Eloy had taught him, to do it yourself and not depend on Safeway and Exxon for every damn thing. And to have pride—that was most important of all.

en la acequia. Mejor soñaba del "rally" de mañana mientras bebía su cervecita—y muy buenas esperanzas tenía. Y, entre más birrias tomaba, pues mejor podía imaginar la multitud de gente que vendría por la mañana. La gente pobre y humilde, la gente de carácter y tradición—la gente chicana que vendría a levantar su voz en un grito comunal y fuerte de protesta.

En su suprema felicidad, Sabelotodo agarró otra bironga y su guitarra para tocarles a las estrellas. —Tengo dinero en el mundo . . . dinero maldito que nada sirve —cantó, empezando "La que se fue", su canción favorita y una de muchas que el Eloy le había enseñado. Nomás otra de las millones de cosas, pensó Sabelotodo, que este vecino mío—este maniaco—me ha enseñado. Y casi todas habían sido cosas simples, pero eran las meras cosas que tanta falta le hacían a la vida de Sabelotodo. Cosas como componer el carburador en su carro, enjarrar las paredes de su casa y podar sus tres árboles de manzana. Cómo ser independiente—eso fue lo que el Eloy le había enseñado, hacer las cosas por sí mismo, y no depender del Safeway ni del Exxon para todo. Y tener orgullo—eso era lo más importante. Sabelotodo tuvo que admitir que, a pesar de todos sus equívocos y la burla que el Eloy le hacía a causa de ellos, pues todavía le había transmitido un grano de ese gran orgullo que el Eloy poseía en tanta cantidad.

Pero lo mejor de todo era la satisfacción, aquel sentido de contento de hacer un trabajo bien, a trabajar duro y acostarse sin ninguna pena. Tener gusto en la vida—era tan simple así, pero a la misma vez era la lección más difícil de todas. Tal vez era porque Sabelotodo nunca había conocido ese gusto tan básico y extraordinario. Su papá había viajado por el mundo—había luchado y había ganado bastantes victorias—pero nunca había poseído ese entendimiento inmediato y simple de lo bueno y lo malo. Su vida, como la vida de Sabelotodo, siempre había sido tan complicada, como sus argumentos dentro de la sala de tribunal.

Pero el Eloy, pues le había enseñado *canciones* a Sabelotodo, tocando las cuerdas de la guitarra con sus manos grandes y grietosas que hacían al instrumento cantar lo mismo como hacían el fierro retumbar con los golpes del marro en el yunque. Y le había platicado cuentos, dichos y chistes—chistes de pila. Y aunque la mayoría de ellos eran bien cochinos, todavía cada uno traía su elemento de verdad—una verdad hecha de experiencia, de humor y dolor. Para

Sabelotodo had to admit that, in spite of all his mistakes and the fun Eloy made of him because of them, his neighbor had managed to transmit to him a small grain of that great pride he possessed in such abundancy. But best of all was the satisfaction, that sense of contentment at having done a job well, the happiness of working hard and going to bed at night without a worry in the world. To enjoy life—it was as simple as that, yet it had been the hardest lesson of all to learn. Perhaps it was because Sabelotodo had never known that joy which was so basic and yet so rare. His own father had traveled around the world, fighting and more often than not winning victories, yet he had never possessed such a simple and direct understanding of good and evil. His life, like Sabelotodo's, had always been as complicated as his courtroom arguments.

But Eloy, well, he had taught songs to Sabelotodo, delicately plucking the guitar strings with his huge, cracked hands that made the instrument sing just as they made the iron anvil thunder with blows of the hammer. And he had told Sabelotodo stories, sayings, and jokes, hundreds of jokes. In spite of the fact that the majority of them were dirty as hell, each one still possessed a certain element of truth, the kind of truth that can only be won through experience, through humor, and suffering. For Sabelotodo, these jokes were like parables, little lessons in living.

He still remembered the first one. Sabelotodo had already known Eloy for awhile, but only casually. Not that Eloy hadn't been friendly, generous actually, as was his custom—offering his new neighbor whatever help he needed as well as the use of his house, pickup, tools, and any part or material Sabelotodo might require from his yard jammed full of all kinds of riches and junk. But Sabelotodo had been embarrassed and afraid to get overly friendly with Eloy. After all, in Chicago one hardly knew the neighbors. But he had at last gone to Eloy one day for a little help on his car. And while Eloy changed the plugs, swearing that the car would now run another hundred thousand miles, Sabelotodo had finally built up the courage to reveal a problem that had been bothering him for some time. "How can I start talking to people around here?" Sabelotodo had asked his neighbor.

Eloy's initial response to that question was laughter, in part because of Sabelotodo's rusty Spanish. But once he had quit laughing, Eloy had told a joke. Sabelotodo still remembered it.

Sabelotodo eran como parábolas, leccioncitas sobre el negocio de vivir. Todavía se acordaba del primero. Ya Sabelotodo había conocido al Eloy, pero nomás por encima. Claro que el Eloy había sido muy gente, muy generoso, como era su costumbre—ofreciéndole a su nuevo vecino su ayuda, su casa, su troquita, sus fierros y cualquier parte o material que Sabelotodo ocupaba de su yarda llena de toda clase de riquezas y garrero. Pero Sabelotodo había tenido miedo y vergüenza de acercarse mucho al Eloy. Pues, allá en Chicago uno casi ni conocía a los vecinos—pero al fin había ido al Eloy por una ayudita con su carrito. Y mientras que el Eloy cambiaba las plogas, jurando que ya el carro iba a correr otras cien miles de millas, Sabelotodo al fin había hallado el valor de revelar un problema que le había molestado mucho. —¿Cómo puedo comenzar a hablar con la gente aquí?

Risa le había dado al Eloy con aquella pregunta, en parte porque la había dicho en su español mojoso, pero luego, cuando se había parado de reírse, el Eloy le había platicado un chiste. Sabelotodo todavía se acordaba de él.

—Pues, había una mujercita —dijo el Eloy—que era como tú. Ella tampoco no hallaba cómo comenzar una plática con la gente. Se quedaba calladita todo el tiempo porque no sabía cómo empezar a platicar. Hasta que al fin le cayó a su esposo y le preguntó cómo podía platicar con la gente. Pues, la cosa más simple en el mundo, mujer—le dijo. Nomás abres la boca y hablas. ¿Pero qué digo?—le preguntó. Tú sabes, cosas simples. Como, ¡qué frío! . . . como, ¡qué calor! Tú sabes—como, ¡pobrecitos los que horcaron!

Pues, tocó que el día siguiente un hombre llegó a su casa y después de sentarse a tomar un cafecito, la mujer miró a su esposo y, con toda confianza le dijo al hombre: ¡Quéfríoquécalorpobrecitoslosquehorcaron!—todo en un puro resuello.

Ahora, sentadito en su portal, ocho años después, Sabelotodo tuvo que reírse otra vez del chiste. Qué modo tan bueno había escogido el Eloy para responderle. Era una pregunta, una preocupación ridícula. Pues, el modo de comenzar a platicar con la gente era . . . pues, platicar, sin vergüenza ni miedo.

Y Sabelotodo nunca en la vida había conocido a nadien que tuviera menos vergüenza y miedo que este Eloy. Este vecino que tenía muy poca escuela, que vivía debajo de la línea oficial de pobreza,

"There was once a woman like you," Eloy had said. "She also couldn't figure out how to begin talking to people, so she just stayed quiet all the time. Until finally she asked her husband one day just how she could begin conversations with people. Well, it's the simplest thing in the world, her husband told her. You just open your mouth and talk. But what do I say?—she asked him. Oh, you know, simple things. Like, 'It's so cold'—or 'It's so hot.' You know, things like, 'Those poor people who got hung!'

"Well, it so happened that the following day a man came to the house to visit and, after he had sat down to drink a cup of coffee, the woman glanced at her husband and, in a confident voice, told the visitor: 'It'ssohotit'ssocoldthosepoorpeoplewhogothung!'—all at once in a single breath."

Now, seated in his porch eight years later, Sabelotodo had to laugh again at the joke. What a perfect way Eloy had found to answer his question. For it was, in the end, a ridiculous question. The way to start talking with people was . . . well, simply to talk to them, without fear or embarrassment.

And Sabelotodo had never known anyone in his life who possessed less fear and embarrassment than this Eloy. This neighbor of his who had very little education, who lived below the official poverty line, who never read a single newspaper, much less a book—but who still knew more than the professors themselves.

With that thought, Sabelotodo killed his last beer and went inside to go to bed. As he got under the covers, with a six-pack in his belly and the dense silence all around him, Sabelotodo began to worry a bit. Maybe it would have been better not to have invited Eloy to tomorrow's function, considering his opinions about politics. But Sabelotodo had to invite him since Eloy had seen all the preparations.

"Oh well, I may as well not worry," thought Sabelotodo, turning off the light and shutting his eyes. "I just hope everything goes well tomorrow."

But when the morning came, nothing went well. For one thing, not a single Chicano showed up at Sabelotodo's house—well, except for Pearl, but she had to be there. The only people who came were the hippies from the hills of San Buenaventura, those same liberal Anglos who came to the SAL meetings and to any other "radical" effort that reminded them of those golden days of the sixties. It was good, of course, that they had come, but Sabelotodo had hoped for

que nunca leía ni un solo periódico y menos un libro—pero que todavía sabía más que los meritos profesores.

Con ese pensamiento, Sabelotodo mató su última cervecita y entró a la casa para acostarse. Mientras que se metía debajo de las cobi-
jas, con una seis en la barrigota, y con el silencio denso alrededor,
Sabelotodo se ponía a apenarse un tantito. Quién sabe si hubiera
sido mejor no haber invitado al Eloy a la función mañana, conside-
rando sus opiniones sobre la política. Pero Sabelotodo lo tuvo que
invitar, ya que el Eloy había visto los preparativos.

—Bueno, vale más no apenarme —pensó Sabelotodo, apagan-
do la luz y cerrando los ojos—. Nomás espero que todo vaya bien
por la mañana.

Pero cuando la mañana vino, nada salió bien. Pues, ni un solo
chicano llegó a la casa de Sabelotodo—bueno, menos la Pearl, pero
ella estaba obligada a estar allí. No andaban más que los "hippies" de
las lomas de San Buenaventura, los mismos gabachos liberales que
venían a las juntas de SAL y cualquier esfuerzo "radical" que les recordaba de aquellos días dorados de los sesenta. Bueno, estaba bien
que había llegado pero Sabelotodo había esperado más raza, más
gente chicana que tuviera familia y conexiones—que tuviera más in-
flujo en la comunidad. Este atajo de "hippies", pues tenían algunas
ideas buenas, sí, pero en la mente de Sabelotodo eran más o menos
como aquellos "gurus". No conocían a los vecinos chicanos—los
verdaderos residentes del área. No comunicaban con nadien fuera
de su círculo cerrado y blanco.

Bueno, pero hoy sí iban a conocer a un chicano, a lo menos—y
uno de los más "pesados" también—el Eloy, quien había llegado
temprano para servir en su capacidad acostumbrada de cantinero.
También había venido listo para divertir con su guitarra y armónica,
pero cuando le entró al éxito nuevo del Al Hurricane, "El corrido de
la prisión", pues, todos los "hippies"·nomás lo miraron con repug-
nancia y perturbación.

Luego, para acabar de arruinar todo, Sabelotodo desenterró el
cabrito nomás para hallar que no se había asado. Pues, ¿cómo cabrones iba a saber que uno tenía que dejar la lumbre volverse a
brasas antes de enterrar el cabrito? Había echado el animal de una
vez encima de las llamas y, al rellenar el pozo con tierra, había
ahogado la lumbre. El Eloy cortó unos pedacitos de carne por encima que sólo él, quizás, la podía comer, porque nadien más la

more raza, more Chicanos who would have local family connections and influence in the community. This pack of hippies had some good ideas but, in Sabelotodo's mind, they were more or less like those "gurus." They didn't know any of their Chicano neighbors, the real residents of the area. They never communicated with anyone outside their closed, white circle.

But today they would meet one Chicano at least—and one of the heaviest of them all too—Eloy, who had arrived early to serve in his usual capacity as bartender. He had also come prepared to entertain with his guitar and harmonica, but when he struck up Al Hurricane's latest hit, "The Corrido of the Prison," all the hippies simply stared at him in disgust.

Then, as if the day hadn't already been enough of a disaster, Sabelotodo dug up the cabrito only to discover it hadn't cooked. How the fuck was he to know that you had to let the fire burn down to coals before you buried the meat? He had thrown the goat right on top of the flames and had smothered the fire when he filled the hole with earth. Eloy did cut off a few chunks of the top meat which only he had the courage to eat, because nobody else touched it. Then, since there were no requests for another song, and the beer was gone too, Eloy got bored and went home.

And now, well, they would have to begin the march to the offices of the notorious Ronald Clark. Sabelotodo was pissed off because he had prepared and practiced an inspirational speech which he now would no longer be able to give because it was all in Spanish. And these people, who believed they possessed such broad and open minds, were nearly the only folks in the entire valley of San Gabriel who were monolingual. Clearly, Sabelotodo would have to speak solely in English.

But he didn't even get a chance to do that because, just as soon as everybody grouped together to begin the march, a bearded man with eyes decidedly similar to those of Christ himself—you know, the Jesus in the movies and in the pictures for sale at T.G.&Y.—stood up on a chair and "took the reins," as Eloy would say. Who knows where this immaculate dude came from—maybe from a cave near Ojo Sarco, Sabelotodo thought—but he directed everyone to form a circle and join hands. Then, in a voice of studied humility, he intoned:

"Brothers and sisters, let us join our hands and pray in unity to the Great Spirit. May He flood our being with His understanding and

atocó. Luego, como nadien le pidió otra canción y ya la cerveza se había acabado, el Eloy se aburrió y se fue a su casa.

Y ahora, pues, tendrían que comenzar la marcha a las oficinas del notorio Ronald Clark. Sabelotodo andaba bien agüitado porque había preparado y practicado un discurso de inspiración que ya no lo iba a poder dar, porque estaba en español. Y esta gente, que pensaba que tenía la mente tan ancha y abierta, eran casi los únicos en todo el valle de San Gabriel que no podían hablar más de una lengua. Claro que Sabelotodo iba a tener que hablar solamente en inglés.

Pero ni esa chanza le dieron porque ya cuando todos se habían juntado con la intención de comenzar la marcha, un hombre barbudo con los ojos decididamente parecidos a los del mero Jesús—tú sabes, el Jesús del cine y de los retratos en T.G.&Y.—se subió en una silleta y "tomó las riendas", como diría el Eloy. Quién sabe de dónde venía este cuate inmaculado—tal vez de una cueva cerca de Ojo Sarco, pensó Sabelotodo—pero mandó a todos que formaran un círculo y que se tomaran las manos. Luego entonó, en una voz de estudiada humildad:

—Brothers and sisters, let us join our hands and pray in unity to the Great Spirit. May He flood our being with His understanding and power and may He bless our struggle to preserve and protect Mother Earth. Let us march now, together in the Spirit and Unity of Peace, and may our enlightenment inspire all those who continue to dwell in darkness of mind and spirit.

Y Sabelotodo, quien no había inclinado la cabeza—eso a lo menos le había enseñado el Eloy, de no hincarse por ningún hombre de carne y hueso—nomás miró de una cara a la otra. Y en cada una halló la misma cosa—una arrogancia y una apariencia insidiosa de santidad. Todas estas caras de profesores, artistas y herederos de las fortunas de corporaciones internacionales viviendo ahora por las estampillas de comida y el giro mensual de dinero. Esta gente educada y aislada que, con su estética y dinero ilimitado, había forzado el precio de las casas y el terreno a subir tan alto que ahora *ellos* eran los únicos que tenían las casas de adobe con las tapias altas y las acequias llenas, mientras que los nietos y bisnietos de los primeros pobladores del valle vivían acuñados en ciudades de casas movibles, concreto y brea. Y bien sabía Sabelotodo que esta raza desheredada y desparramada eran las mismas "mentes y almas oscuras" a quienes estos "hippies" tenían tanta "compasión".

power and may He bless our struggle to preserve and protect Mother Earth. Let us march now, together in the Spirit and Unity of Peace, and may our enlightenment inspire all those who continue to dwell in darkness of mind and spirit."

Sabelotodo, who had not bowed his head—that much he had learned from Eloy, to never kneel before any man of flesh and bone—simply looked from one face to the next. And in each one he found the same smug look and sanctimonious expression. All these faces of professors, artists, and heirs to international corporate fortunes who existed on food stamps and the monthly wire of money. This educated and isolated people who, with their limitless money and aesthetics, had forced the price of land and houses so high that now they were the only ones who could afford to live in the adobe houses with the high walls and the full ditches, while the grandchildren and great-grandchildren of the first settlers of the valley lived squeezed into cities of mobile homes, concrete, and asphalt. And Sabelotodo understood all too well that this disinherited and dispersed raza were precisely the "dark minds and spirits" for whom these hippies possessed so much compassion.

Sabelotodo got sick. He actually became ill and vomited. Murmuring something about the beer and the meat, he excused himself and went inside the house while the army of "enlightened soldiers" marched off to enter into sacred battle with the evil enemy. Sabelotodo even sent Pearl away, assuring her that he was fine—he had just slept poorly last night and needed to lie down for awhile.

Sabelotodo stayed in bed for a long time with an aching stomach and a troubled spirit. Finally, he got up and decided to do what he had always done during his last decade here in New Mexico every time he was hit with a similar sense of confusion and despair. He went to Eloy's place.

Sabelotodo found his neighbor in the process of butchering a calf. "Such a kind person," though Sabelotodo, "and yet always killing something!"

Eloy greeted Sabelotodo with a shout of joy and invited him to help out with the butchering. And it seemed as if he wasn't going to ask Sabelotodo why he hadn't gone along on the march. Perhaps Eloy had forgotten about it or, what was more likely, he probably already knew the reason why. But after awhile, when they had almost

Sabelotodo, pues, se enfermó. Sí, de veras—se vomitó, y murmurando algo de la cerveza y la carne, se disculpó y entró a la casa mientras que el "ejército de soldados iluminados" se marchó para entrar en la batalla con el maldito enemigo. Hasta a la Pearl corrió, asegurándole que estaba bien, que no había dormido bien anoche—que nomás necesitaba acostarse.

Mucho tiempo permaneció Sabelotodo acostado en su cama con un verdadero dolor en el estómago y una pena en el alma. Al fin se levantó y decidió hacer la misma cosa que siempre había hecho durante su década aquí en Nuevo México cada vez que le pegaba este dolor de confusión y desesperación: fue a la casa del Eloy. Allí lo halló metido en una matanza de un becerro. —¡Ay! —pensó Sabelotodo—, una persona tan buena y siempre matando alguna criatura.

Pero el Eloy lo saludó con un grito de gusto y pidió que le ayudara con el becerro. Y quizás no le iba a preguntar a Sabelotodo por qué no andaba en la marcha—tal vez se le había olvidado o, probablemente, ya sabía la razón. Pero al rato, cuando ya mero habían acabado con el animal, Sabelotodo dijo: —Lo que no *puedo* entender yo es por qué no vino ni un *solo* chicano.

El Eloy dejó su trabajo un momento y miró a Sabelotodo con la expresión más parecida a la tristeza que el joven había visto en esa cara.

—Todavía no entiendes, ¿no? Todavía un Sabelotodo Entiendelonada. ¿Cómo demontres esperabas que la gente viniera a esta función? Tú sabes que la mera mitad de este valle trabaja por ese cabrón de Clark.

—¡Pero el peligro! ¡Ese "uranium" es tan peligroso! ¡Puede envenenar a todo el monte y el valle! ¡Ese "radioactivity" puede acabar con todos!

—Bueno hijo —dijo el Eloy, meneando la cabeza—. Algún día entenderás. Los pobres, pues tienen que batallar con enfermedades y crecientes, tú sabes cómo. No tienen el tiempo para apenarse de alguna cosa que ni la pueden ver. No te apenes tanto. Al cabo que todos tenemos que morirnos de un modo o el otro. Oye, curre a la casa y tráeme una ollita para el hígado.

Y Sabelotodo fue corriendo a la casa del Eloy—bueno, no muy recio porque tenía que brincar las llantas, pipas, tablones, bloques y todo el garrero que el Eloy tenía de a montón en su yarda. Pero ya

finished with the animal, Sabelotodo said, "What I can't understand is why we didn't get a single Chicano to come."

Eloy quit working for a moment and looked up with an expression closer to sadness than any other Sabelotodo had ever seen on that face.

"You still don't understand, do you? Still a 'Know-it-all Understand-nothing.' How in the hell did you expect to get people to come to this thing? You know that half the valley works for that bastard Clark."

"But the danger! That uranium is so dangerous! It could poison both the mountains and the valley! That radioactivity could finish us all off!"

"Well, hijo," said Eloy shaking his head, "some day you'll understand. Humble people, well, they gotta fight against sickness and floods. You know what I mean. They don't have time to sit around worrying about something they can't even see. Don't get yourself so worked up. Anyway, we're all gonna go, one way or the other. Listen, why don't you run over to the house and bring me a pan for the liver."

And Sabelotodo went running to Eloy's house, not very quickly of course, because he had to leap over tires, pipes, boards, blocks, and all kinds of other junk piled up in the yard. But on his way back from the house, Sabelotodo's feet seemed to grow lighter and his anxiety disappeared like fog burning off in the hot sun.

"Yes," he thought, changing the pan from hand to hand as he ran. "Eloy's right. I don't know when I'm going to die, but for now, well I better start living! Why should I be scared of something I can't even see?"

"The ditch!" Eloy yelled out, but it was too late. Sabelotodo hadn't seen it and he fell, face first with the pan in his hand and the newfound revelation in his mind, into the ancient and muddy waters of the Salazar ditch.

en la vuelta pa'trás, sus pies se ponían más y más livianitos y su pena, pues se desapareció, como la nublina en el sol.

—Sí —pensó Sabelotodo, cambiando la ollita de una mano a la otra—. El Eloy tiene razón. Yo no sé cuándo me voy a morir, pero ahora, ¡hay que vivir! ¿Por qué voy a tener miedo de una cosa que ni la puedo ver?

—¡La 'cequia! —gritó el Eloy, pero ya era muy tarde. Claro que Sabelotodo no la había visto, y se cayó, boca aplastada con la ollita y su revelación, en las aguas revueltas y ancianas de la acequia de los Salazar.

Petenrita

"Petenrita." That's what the people in La Puebla call them, you know—Petenrita, not Pete and Rita. But don't ask me why. Nobody knows.

Perhaps it's because they're always together, and forever arguing. They've been married fifty-four years now, you know, and they haven't stopped fighting a single moment in all those years. And these days, well, they're worse than ever. It's like what Petenrita told me when I asked them why they fought so much (and I say Petenrita on purpose because both of them answered me, as usual, at once).

"At our age," they said, "what else can we do?"

And they do fight all the time, whether it's in their Dodge pickup during the daily excursions to the post office or while they walk to their garden every summer day. On foot, at least, they're not in step, and Pete always hurries a few steps ahead of Rita, with his hoe slung over his shoulder. But it doesn't do him any good, for Rita still continues to tell him off, scolding him all the way to the garden and back while Pete pretends to be deaf. That's a special ability of his, you know, turning deaf just at the right moment and then suddenly and miraculously regaining his hearing.

But this pair of Petenrita have refined verbal warfare into a veritable art—like Muhammed Ali with language, or those wrestlers who come out on TV every Sunday morning at 10:30, those guys who look like they're just about ready to kill each other and yet never get hurt. Those fools with the gigantic bellies and gravelly voices whom Pete simply loves to watch. Rita, naturally, detests them.

"Are you watching those stupid things again?" she says as she enters the room, but Pete has gone deaf again because Ivan the Terrible, a fat, bald German with a swastika tatooed on his arm, is dragging Elvis the King Pérez by his long hair.

Piterita

"Piterita". Así les dice la gente de La Puebla, sabes. "Piterita"—
no "Pite y Rita"—pero no vayas a preguntar por qué. Nadien sabe.
Tal vez será porque andan juntos todo el tiempo—y siempre averiguando. Pues, han estado casados por cincuenta y cuatro años,
sabes, y no han dejado de pelear ni un momento en todos esos
años. Y ahora están peor que nunca. Es como lo que dijeron Piterita
cuando les pregunté por qué peleaban tanto (y *yo* digo "Piterita"
porque los dos me contestaron, como es su costumbre, a la vez).
—Ahora, con tantos años —dijeron—, pues ¿qué más podemos
hacer?

Bueno, y no *hacen* más que pelear—sea en su troquita Dodge
durante los viajes diarios a la estafeta, o sea en las caminatas que dan
todos los días del verano a su huertita. A pie, a lo menos, no tienen
que andar juntitos, y el Pite siempre le gana a la Rita, caminando
unos pasos delante de ella, con su cavador en el hombro. Pero eso
no le importa a la Rita, porque ella siempre sigue echándole de con-
tado, regañándolo todo el camino hacia el jardín y pa'trás, mientras
que el Pite se hace el sordito. Esa es una habilidad muy rara de él,
sabes—que se pone tan sordo a ratos y luego, de repente, como de
milagro, vuelve a oír muy bien.

Pero este Piterita, pues, han refinado la batalla verbal a un verdadero arte, sabes, como Muhammed Ali con palabras, o esos lucha-
dores que salen en la televisión cada domingo a las diez y media de
la mañana y que parecen que ya mero se matan pero nunca se
hacen nada. Aquellos pendejos de las barrigotas gigantes y voces de
arena, que tanto le encantan al Pite. Pero a la Rita, pues nomás un
coraje le dan.

—¿Cuidando esas porquerías otra vez? —dice ella cuando entra
al cuarto, pero el Pite se ha hecho "sordo" otra vez, porque el "Ivan

"And you haven't even gone to mass yet," she continues, caus-
ing Pete to move closer to the television as he says: "It's my life."
    That's his favorite response, you know, and he uses it all the
time, without even thinking. It's a reflex, actually, something like the
grunt that Ivan the Terrible releases now that Elvis the King Pérez
gives him a couple of knees to the throat.
    "Listen, sad sack—how can you watch such ugly things?" Rita re-
marks as she goes into the kitchen to heat up the coffee.
    "It's all fake," Pete says to no one in particular, to the TV per-
haps, and then he calls out to his wife: "Isn't there any coffee?"
    "Hold on to your moustache! I just put the coffeepot on. Are you
going to stay there all day in front of that stupid box? When are you
going to mass?"
    Pete, of course, goes stone-deaf when Rita mentions mass. But
she walks back into the den to repeat her question a few inches from
his ear.
    "I asked you a question, plugged-ears. When are you going to
mass? You're already too late for the 10:30 mass."
    "It's my life," Pete replies, and Elvis the King Pérez has finally de-
feated Ivan the Terrible and the entire nation of Germany, apparently, because Elvis is marching through the ring with a U.S. flag in each
hand.
    "I'll go this afternoon," Pete says. "Where's the coffee?"
    "So, are you paralyzed?" Rita replies, going to the kitchen any-
way to bring him a full cup.
    "This coffee isn't hot," Pete immediately complains.
    "Not hot? What do you want, the coffee boiling right there in
your hand?"
    "This coffee isn't hot."
    "Ay, what a cow-tongue! All right, give me your cup then."
    Rita returns to the kitchen and turns the stove on full-blast. In her
anger she forgets to watch the coffee pot which, of course, boils
over, flooding the entire stove. Rita boils over too, spouting a few
full-strength curses, but Pete can't hear them because he's too involved in his program.
    And how could he not be, for now a creature uglier than death it-
self, the Vampire, is chewing on Shiek Scandor Akbar's neck!
    "What a bunch of lies!" Pete exclaims as he moves still closer to
the TV. "Those can't be his real teeth."

the Terrible", un alemán grosero y pelado con el tatuaje de una svástica en el brazo, arrastra a "Elvis the King Pérez" del cabello largo.

—Y sin ir a misa también —continúa, y el Pite se arrima más a la televisión mientras dice:

—Déjame vivir.

Esa es su respuesta favorita, sabes, y la usa todo el tiempo, sin pensar. Es una acción reflexiva, algo como el gruñido que suspira el "Ivan the Terrible" ahora que "Elvis the King Pérez" le da unos rodillazos en la garganta.

—¡Ay, qué cara parda! ¿Cómo puedes cuidar esas cosas tan horribles? —dice la Rita y va a la cocina a calentar el café.

—Son puras mentiras —dice el Pite a nadien en particular—a la televisión, quizás—y luego le grita a su esposa:

—¿Que no hay café?

—¡Espérate un momento, bigotón! Ahora mismo puse la cafetera a calentar. ¿Que vas a quedarte todo el día delante de esa condenada caja? ¿Cuándo vas pa' misa?

¡Ay, qué sordera le pega al pobre Pite cuando la Rita habla de la misa! Pero ella entra en el "den" otra vez y repite la pregunta unas dos pulgadas de su oreja.

—Te dije, oídos tapa'os, ¿cuándo vas pa' misa? Ya la misa de las diez y media pasó.

—Déjame vivir —responde el hombre, y "Elvis the King Pérez" al fin le ha ganado al "Ivan the Terrible" y toda la nación de Alemania, quizás, porque el "Elvis" marcha por el ring con una bandera de los Estados Unidos en cada mano.

—Allí iré pa' la tarde —dice el Pite—. ¿Dónde está el café?

—Pues, ¿que estás paralizado tú? —contesta la Rita, pero siempre va a la cocina y le trae una taza llena.

—Este café no está caliente —se queja el Pite de una vez.

—¿Cómo que no? ¿Qué necesitas tú—el café hirviendo en la mano?

—No está caliente este café.

—Ay, ¡qué lengua de vaca! Dame tu taza, hombre.

Vuelve a la cocina y enciende la estufa a todo vuelo hasta que, en un descuidito, la cafetera se calienta demasiado y el café se derrama por toda la estufa. Entonces sí echa unos reniegos pero de *abajo*, pero el Pite no los oye porque está muy entretenido con su programa.

"God help me!" Rita declares as she enters the room again with the boiling hot cup. "Are you going to go the noon mass?"

"What a pain you can be sometimes, woman! I already told you—I'll go to the 6:30 mass, just like always. Just because you like to spend your whole life at church. . . ."

"Well, then, why don't you quit watching this dumb program and fix that lamp in the bathroom?"

One more thing just like mass. That lamp, which Rita bought weeks ago, is the new symbol of the battle of wills that is Petenrita's daily existence. It would only be a ten minute job to connect it, but Pete's not about to do it. Not yet, because then it would look like Rita could tell him what to do. No, he'll wait until she finally forgets all about it and then he'll install the lamp and tell her it was a good idea to do it because they had been needing more light in the bathroom for a long time.

But, for now, Pete takes the offensive. "I don't understand why you have to spend so much time in that church. There are plenty of other women who could do some work over there too. You're too old to be messing around and cleaning over there all the time."

"Listen, toothless face, you know I have to do my part. Anyway, you're older than I am."

"I knew it!" shouts Pete as he watches Shiek Scandor Akbar who, in spite of losing the turban from his head, has just ripped those fangs out of the Vampire's mouth. Now, of course, he's using them to poke holes in the back of the poor toothless Vampire.

"And don't try to pull one of your fast ones like a jackass," Rita tells him.

"What?" replies Pete, burning his tongue as he takes a swallow of the scalding hot coffee. But he remains stone-faced as Rita continues:

"You know. You go to the corral and then you don't return in time."

"Well, I have to feed my animals, woman. What do you think?"

"You do it on purpose. I know you well enough by now, viejo."

"And how could you not know me after so many years? But you still don't understand anything. I have my work to do. What do you want me to do, let the poor calves starve to death?"

"You know what I mean. And don't you go to church without changing those pants."

"What's the matter with these pants? If the priest can see me in

Pues, ¿cómo no? Ahora una criatura más fiera que la muerte—el "Vampire"—está mordiéndole al "Shiek Scandor Akbar" en la nuca.
—¡Qué mentiras! —exclama el Pite y se acerca todavía más a la televisión—. Esos no pueden ser sus propios dientes.
—¡Válgame Dios! —declara la Rita cuando entra otra vez con la taza retecaliente—. ¿Vas a ir a la misa del mediodía?
—¡Qué mujercita para fregar! Ya te dije, voy pa' la misa a las seis y media ¡cómo siempre! Nomás porque a ti te gusta vivir allá en la iglesia. . . .
—Pues, entonces, ¿por qué no dejas estas porquerías ya y me pones esa lámpara en el baño?
Es otra cosa más, como la misa. Esa lámpara que la Rita compró hace semanas es el nuevo símbolo de la batalla perpetua de voluntades que es la vida de Piterita. Sería un trabajito de diez minutos para conectarla, pero el Pite todavía no lo va a hacer. ¡Oh no!—porque entonces parecería que ella lo *mandaba*. No, él tiene que esperar hasta que a ella ya se le olvide de todo el negocio y *luego* la pondrá y dirá que era una idea muy buena poner esa lámpara allí—que ya hacía tiempo que necesitaban más luz en el baño.
Pero ahora, pues, el Pite se afirma. —Yo no entiendo por qué tú tienes que pasar tanto tiempo allá en esa iglesia. Pues, hay otras mujeres que pueden hacer algo allí. Tú ya estás muy viejita para andar limpiando y trafiquiando todo el tiempo.
—¡Ay qué molacho éste! Tú sabes que yo tengo que hacer mi parte—y al cabo que tú tienes más años que yo.
—Sí, ¡yo sabía! —grita el Pite, mirando al "Shiek Scandor Akbar" que, a pesar de perder la garra en la cabeza, ahora acabó de arrancarle esos colmillos de la boca del "Vampire". Ahora, naturalmente, los está usando para picotear la espalda del pobre "Vampire" molacho.
—Y no vayas a hacer una de las tuyas, espinazo negro —dice la Rita.
—¿Cómo? —responde el Pite, quemándose la lengua cuando toma un trago del café caliente. Pero no enseña ningún cambio de expresión mientras que la Rita continúa:
—Tú sabes. Te vas pa'l corral y luego no vuelves a tiempo.
—Pues, tengo que asistir a los animales, mujer. ¿Qué tienes?
—De adrede lo haces. Yo sé—ya te conozco, viejo.
—¿Cómo no me conoces—después de tantos años? Pero no en-

the street dressed in these clothes, then he can stand to see me in church too."

"Sure, what does it matter to you? What do you care if Doña Jesusita gossips with all the neighbors and tells them, 'Poor Pete, his wife doesn't even wash his clothes for him.' "

"Oh, you get all worked up for nothing. Let those loose lips flap all they want! Anyway, I don't hear what they say."

"You don't hear what anybody says," replies Rita, adding, "if you don't want to. Why can't you be like Don Herculano? He's always so nice and clean."

"Humf . . . he doesn't get dirty because he never does anything," Pete says with a gesture of disgust. "I have my work to do, woman. How can you expect me to be clean all the time? Don't you know that the bark protects the wood underneath?"

"I don't care if the wood protects the bark, big nose! Listen, why don't you take me to town?"

"Now? Can't you see that Ricky Romero's about to wrestle?"

Ricky is the local favorite who always wins his matches—in New Mexico, at least. But he only does so after struggling mightily and suffering at the hands of an ugly Anglo (just as history dictates). And now he's battling one of the most replusive gringos of them all, the despicable Dick the Brute.

"I have to buy a present for Lucinda. Tomorrow's her birthday."

Lucinda is Petenrita's granddaughter, the youngest in the family. But age is of no consequence to Pete. He doesn't believe in buying gifts—well, they never used to do it in the old days. For him, as Rita knows all too well, gifts are a complete waste of money.

"Why are you always throwing your money away on those stupid things?" he says, turning away from the TV because he can't stand to watch now that Dick the Brute is about to gouge Ricky Romero's eyes out.

"What does it matter to you? It's my money."

"But you shouldn't waste your check on those foolish things."

"It's my life," she tells him, leaving the room for she knows her use of his favorite expression is a low blow.

And when she returns to the room with her copy of the *New Mexican*, well, things have even gotten worse for poor Ricky. Now he's lying face down on the canvas as Dick the Brute beats him over the back and head with a chair he stole from one of the spectators.

"Ooh," remarks Rita, "that guy's like the poor mother-in-law."

tiendes, mujer. Yo tengo mi negocio. Pues, ¿qué quieres tú?—¿que deje a los pobres becerros sufrir?

—Tú sabes qué te estoy diciendo. Y no vayas a ir a misa sin cambiarte esos calzones.

—¿Qué tienen estos calzones? Si el padre me puede ver en la calle con esta ropa, pues me puede aguantar también en la iglesia.

—Sí, a ti, ¿qué te importa? Qué te importa cuando doña Jesusita mitotea con todas las vecinas y dice: "Oh, pobrecito el Pite, que ni ropa limpia le da su mujer".

—Oh, tú te preocupas por nada. ¡Que digan lo que quieran esas bocas rotas! Al cabo que yo no las oigo.

—Tú no oyes nada —responde la Rita, y luego añade—, cuando no te da la buena gana. ¿Por qué no puedes ser como don Herculano? Tan limpiecito que está todo el tiempo.

—Jumf . . . él no se empuerca porque no hace *nada* —contesta el Pite con un gesto de desprecio—. Yo tengo mi negocio, mujer. ¿Cómo quieres que yo ande tan limpio todo el tiempo? ¿Que no sabías tú que la cáscara guarda el palo?

—¡Qué palo ni palo, narizón! Oye—¿me llevas pa' la plaza?

—¿Ahora? ¿Que no ves que ya va a luchar el Ricky Romero?

El Ricky es el héroe local que siempre gana—en Nuevo México, por lo menos—pero sólo después de luchar tantísimo, de sufrir a las manos de un gabacho fiero—pues, como la historia dicta. Y ahora está luchando con el más repugnante de todos, sabes—el odioso "Dick the Brute".

—Tengo que comprar un regalo para la Lucinda. Mañana es su cumpleaños.

La Lucinda es una nieta de Piterita—la menor de la familia ahora. Pero la edad no hace ninguna diferencia al Pite. El no cree en ese negocio de comprar regalos—pues, más antes nunca hacían eso. Para él, como la Rita bien sabe, es un puro gasto de dinero.

—¿Por qué siempre andas tirando tu dinero con esas pendejadas? —dice, volteando la cara porque no puede mirar al pobre Ricky Romero ahora que el "Dick the Brute" ya mero le saca los ojos con los dedos.

—¿Qué te importa? Es mi dinero.

—Pero no deberías de andar gastando todo tu cheque en esas tonterías.

—Déjame vivir —le dice ella, saliendo del cuarto porque sabe que su uso de la mera expresión de él es un golpe bastante bajito.

And she begins to sing her favorite verse from the song, "Allá en el Rancho Grande":

> When my mother-in-law dies
> Make sure you bury her face down
> So if she tries to get out
> She'll just go farther down.

But Pete ignores her teasing. His mother, after all, has been dead for many years and, anyway, he's too worried about Ricky.

"Hey, when are you going to take me to town?" Rita asks, turning her attention to the paper.

"Well, where are all your daughters? Can't they take you?"

"You know good and well I don't like to bother them. Anyway, it's all your fault."

"What? How is it my fault?"

"Well, if you would have taught me how to drive. . . ."

"What? You never wanted to learn."

"Oh yes I did. I wanted to learn all right, but you forget how you mistreated me."

"How?"

"You know, yelling at me like I was a child. How was I supposed to learn like that—all frightened?"

"Yell?" cries Pete. "I've never yelled at you in my life!"

Rita simply shakes her head and sighs into the paper, "Ay, if only my daughters knew the suffering I have to put up with."

But it's nothing in comparison with the tribulations Ricky is going through. Now Dick the Brute is even climbing up on the chair and leaping with all his might onto Ricky's elbow.

"But where are the obituaries?" says Rita, scattering sections of the paper on the floor, searching for the death notices. "Maybe there aren't any deaths. Business is pretty slow!"

"Will you just listen to that! Day in and day out people die and still you say, 'Business is slow.' "

"Oh, here they are!" she exclaims, finally encountering the obituaries and beginning to read. "Well, it looks like there's nobody here that I know. Oh, here's Senaida's nephew! You know, the one that drowned over in Abiquíu."

"Who?" says Pete. "Who's Senaida?"

Y cuando vuelve al cuarto con el *Nuevo Mexicano*, pues se ha puesto hasta peor pa'l pobre del Ricky. Ahora está acostado boca abajo en el suelo mientras que "Dick the Brute" le da unos golpes terribles en el espinazo y la cabeza con una silleta que se robó de los espectadores.

—Ooh —dice la Rita—, ése es como la pobre suegra.

Y comienza a cantar su verso favorito de la canción "Allá en el Rancho Grande":

> Cuando se muere mi suegra
> Que la entierren boca abajo
> Para si se quiere salir
> Que se vaya más pa'bajo

Pero el Pite ignora la burla. Su mamá está muerta, hace muchos años, y al cabo que está muy apenado por el Ricky.

—Oye, ¿cuándo me vas a llevar pa' la plaza? —pregunta la Rita, volviendo su atención al periódico.

—Pues, ¿'ónde andan todas tus hijas? ¿Que no te pueden pasear?

—Tú sabes que no me gusta molestarlas, hombre. Al cabo que es la culpa tuya.

—¿Qué? ¿Cómo que es mi culpa?

—Pues, si me hubieras enseñado a arrear. . . .

—¿Qué? Tú nunca querías aprender.

—Oh sí, yo sí quería aprender. Pero a ti se te olvida cómo me maltratates.

—¿Cómo?

—Tú sabes, gritándome, como si fuera una niña. ¿Cómo iba a aprender yo así—bien espantadita?

—¿Gritar? —grita el Pite—. ¡Yo nunca en la vida te he gritado!

Y la Rita nomás sacude la cabeza y suspira al periódico: —Ay, si supieran mis hijas, las *incomparables* que yo he pasado.

Pero no es nada en comparación con las tribulaciones que el Ricky está pasando. Pues, ahora "Dick the Brute" se está subiendo a la silleta y brincando con toda su fuerza en el mero codo del Ricky.

—Pues, ¿dónde están los muertos? —dice la Rita, tirando secciones del periódico al suelo buscando las noticias de las muertes—. Quizás no hay muertos. ¡Cómo está despacio el negocio!

"Ay, you've got the memory of an earthworm! You know her—your girlfriend!"

"What?"

"Yeah . . . what? Don't try to act dumb with me. You know her, Don Teodoro's neighbor over in Youngsville. The one who got married to Escolástico's son, Carlos' brother, the one who used to live next to the schoolhouse."

"Oh, the one who used to work for my uncle Benito?"

"That's the one. Well, she's Carlos' sister-in-law. And the guy who died—what was his name? Oh, Felipe—well, he was her son, the poor thing."

But luck is fickle, and now it's Ricky who's pulling the ears off Dick the Brute. And then he yanks Dick's head by the ears until it smashes down into his knee.

"That's it!" yells Pete, raising his own arthritic knee in emulation of Ricky. "Knock his block off!"

"I'm going to knock *your* holy block off if you don't quit watching that junk now!"

But now Ricky has brutalized the Brute himself who has fled the ring, and Pete gets up to turn off the television, murmuring:

"It's a frame-up. Those are just a bunch of lies."

And before Rita can ask him why he watches the program if it's "just a bunch of lies," he tells her: "Well, hija, I'm going to the corral now to feed the cattle."

"No sir," she replies. "Take me to town first and *then* you can go there."

"But the animals are suffering, woman."

"Let them suffer then! I don't see why you don't sell those stupid cows anyway. You're too old to mess around with those animals. One of them is going to kill you someday, just like what happened with your father."

It had been many years since a horse had killed Don Merejildo, Pete's father. He was just as stubborn as his son—worse maybe—getting on a bronco in his advanced age. The horse had thrown him and broken the old man's hip. And in those days, well, there was simply nothing they could do for him. He simply lay down and died.

This argument about Pete's father is a classic one—a lot of mileage on it, you know—and Pete is in no mood to battle it out again now.

—¡Qué mujercita ésta! Día a día se muere gente y tú todavía dices que el negocio está despacio.

—Ah, ¡aquí están! —exclama, al fin encontrando las noticias, y de una vez se pone a leer—. Bueno, no parece que hay nadien que conozca yo. ¡Oh, aquí está el sobrinito de mana Senaida! Tú sabes, aquel que se 'hogó allá en Abiquíu.

—¿Quién? —responde el Pite—. ¿Quién es la Senaida?

—Ay, ¡tú tienes la memoria de una lombriz! La conoces—tu "girlfriend", sabes.

—¿Cómo?

—Sí . . . ¿cómo? No te hagas tontito, hombre. Tú sabes, la vecinita del don Teodoro, allá en Youngsville. La que se casó con aquel hijo del difunto Escolástico, el hermano del Carlos, el que vivía allá junto a la escuela.

—¡Oh! ¿El que trabajaba para mi tío Benito?

—Ese mero. Bueno, es la cuñada del Carlos. Y éste que se murió—¿cómo se llamaba? Oh, Felipe—pues, ése era el hijo de ella, pobrecita.

Ay, pero ¡cómo cambia la suerte! Ahora es el Ricky el que está arrancándole las orejas al "Dick the Brute". Y, ¡pa'bajo!—le jala la cabeza al Dick por las orejas hasta pegar con la rodilla.

—¡Eso! —grita el Pite, y levanta la rodilla artrítica, imitando al Ricky—. ¡Dale un soplamocos!

—¡A ti te voy a dar una santísima, si no dejas esas porquerías *ya*!

Pero ya el Ricky le ha embrutecido al mero "Brute" que hasta ha huido del "ring", y el Pite se levanta a apagar la televisión, murmurando:

—Es un puro "frame-up". Esas son puras mentiras.

Y antes de que la Rita le pueda preguntar por qué los cuida si no son más que "puras mentiras", él le dice: —Bueno, hija. Ya voy pa'l corral, para asistir las vacas.

—No *señor* —dice ella—. Llévame a la plaza primero, y *luego* te vas pa'llá.

—Pero los animales están aguantando, mujer.

—¡Que aguanten entonces! Yo no veo por qué no *vendes* esas fregadas vacas. Tú ya no eres muchacho para lidiar tanto con ellas. Al fin te va a matar uno de esos animales, como le pasó a tu papá.

Al papá del Pite, don Merejildo, sabes, lo mató un caballo—oh, muchos años pasados. El era igual de terco que su hijo—peor, quizás—y se había subido a un bronco ya a su edad avanzada. Bueno,

"OK, let's go then."

"Good. Listen," Rita says, eyeing some coupons underneath the obituaries in the newspaper. "Why don't we eat lunch at this place?"

"What place?"

"This—this Sonic. It looks like they have everything on sale. Here it says, Free."

"No, woman, let's eat here at home before we go. I'm already hungry."

"Oh, come on. I don't feel like making anything. Let's go to this place. It says they're got cheeseburgers and coney dogs with cheese and who knows what else."

"No, woman! You know I can't stand those hamburgers. I'm not taking you there. I'd rather eat here, even if it's only sardines and crackers."

"Come on—don't be so stubborn."

"No, I told you, and that's final. I'm not eating that junk!"

"Ay, what a . . . all right, let's go then. Take me to the Variety and then we'll have lunch when we get home."

And Rita goes out and sits in the truck to wait for him. Pete, naturally, takes his time getting to the truck. First of all, he has to look for his hat—the old one, of course. By this time, Rita has begun to honk the horn in the truck, which causes Pete to walk out more slowly than ever. Then he has to check the oil before leaving because the oil is the very life of the truck, he tells Rita.

Once he finally opens the door of the truck to sit down, Rita immediately attacks him. "Ay, will you look at this! Now you got yourself all dirty!"

Pete looks down at his clothes in disbelief. "What? Where?"

"Well, right there where you leaned up against the truck! Can't you even see? Maybe if you'd wash this truck once in a while. . . . Well, go on inside and change those pants."

"What? I'm not changing these pants. What's wrong with you, woman?"

But he finally does change them, after another struggle, of course—well, at their age, what else can they do? And Pete at last climbs into the truck and they drive off, talking, arguing, and battling as only "Petenrita" can do.

All along the way, Rita talks about the beautiful sermon Father Roca gave this morning and about how he talked about Adam and

el caballo lo tiró y don Merejildo se quebró la cadera. Y en esos tiempos, pues no había modo de ayudarle. Se acostó y se murió. Es un argumento muy viejo, éste de su papá—de mucho millaje, sabes—y el Pite no tiene ganas de averiguar ahora.

—Bueno, vamos entonces.

—Bueno. Oye —dice la Rita, mirando unos cupones debajo de las noticias de las muertes en el periódico—, ¿por qué no vamos a lonchar en este lugar?

—¿Qué lugar?

—Este, este "Sonic". Parece que tienen los precios muy reducidos. Pues, aquí dice que "free".

—No, mujer, vamos a lonchar aquí en casa antes de irnos. Yo ya tengo hambre.

—N'ombre. Yo no tengo ganas de preparar nada. Vamos pa' este lugar. Dice que tienen "Cheeseborgues" y "Coney Dogs" con queso y quién sabe qué tanto.

—¡No, mujer! Tú sabes que a mí no me cuadran esas porquerías de "hamborgues". Yo no te llevo pa'llá. Mejor loncheo con "craques" y sardinas aquí en la casa.

—Anda hombre, no seas tan terco.

—No, te dije . . . no. ¡Yo no como esas porquerías!

—Ay, que . . . bueno, vamos entonces. Me llevas pa'l "Variety" y después comemos.

Y se va la Rita y se sienta en la troquita a esperarlo. El Pite, naturalmente, toma su tiempo para llegar a la troca. Pues, primero tiene que buscar su sombrero—el viejo, sabes. Ya la Rita le pita de la troca—cosa que le hace al Pite andar hasta más despacio pa'llá, y claro que tiene que chequiar el aceite antes de salir, pues el aceite es la mera vida de la troca, le dice a ella.

Y ya cuando al fin abre la puerta de la troca para sentarse, la Rita le rompe: —Ji, ¡qué hombrecito! ¡Ya te emporcates, hombre!

El Pite examina su ropa con incredulidad. —¿Qué? ¿'ónde?

—Pues, allí donde te atrincates a la troca. ¿Que no ves? Si la lavaras de vez en cuando. . . . Bueno—curre y cámbíate esos calzones.

—¿Qué? Yo no me cambio estos calzones. ¿Qué tienes, mujer?

Pero al fin sí se los cambia, después de otra lucha—pues, ya con tantos años, ¿qué más pueden hacer? Y el Pite se sube y se van platicando, averiguando y peleando, como sólo "Piterita" saben hacer.

Y todo el camino, la Rita platica del sermón que el padre Roca

Eve and Original Sin, until finally she notices that Pete isn't driving in the direction of the Variety.

"Where in the devil are we going?"

"To the Sonic, honey—where else?" responds Pete with a winning grin.

dio esta mañana y de qué bonito habló, pues, platicó de Adán y Eva, y el primer pecado—hasta que al fin se da cuenta de que el Pite no se dirige pa'l rumbo del "Variety".

—¿Pa' ónde diablos vamos?

—Pues, pa'l "Sonic", cuche —responde el Pite con una sonrisa ganadora.

The Tierra Amarilla Invasion

It was the year 1952 and everybody was scared shitless.

The "Cold War" had frozen in the cruel nights of Korea. The United States, with its "manifest destiny" and invincible might, had stumbled into its first hopeless war. "The endless conflict," the *New Mexican* had baptized it, and two hundred American boys lost their lives every week defending obscure and ignominious hills with names like "T-bone Hill," "Heartbreak Ridge," and "Luke the Gook's Castle." They were fighting communism—that's what they believed at least—but it ended up being just like that other war the U.S. was to fight in vain a decade later. The poor soldiers could never tell the enemy from the ally. What did a communist look like anyway?

The notorious senator from Wisconsin, Joseph McCarthy, had no difficulty answering that question. He could certainly recognize a communist when he saw one, and he didn't even have to search outside the nation to find an absolute multitude of them—in government, the universities, the press and, yes, even in the movies. And, in the same year Marilyn Monroe was discovered and Humphrey Bogart won an Oscar for his role in *African Queen*, Howard Hughes and the other fanatic millionaires who controlled the movie industry started their "black list" of hundreds of "communists." Each one of these "suspicious individuals" was obligated to present himself before the House Committee on Un-American Activities and the other inquisitional committees chaired by McCarthy and his comrade, Senator McCarren, in order to swear allegiance to the "democracy" of the United States.

Alger Hiss was in prison and the man who put him there was about to win entry into the White House as vice-president to Ike Eisenhower. Richard "Tricky Dick" Nixon, with his sweaty lips and

La invasión de Tierra Amarilla

Era el año 1952 y todo el mundo andaba más caga'o que la fregada. La "Guerra Fría" se había helado en las noches crueles de Corea. Los Estados Unidos, con su "destino manifiesto" y poder invencible, había tropezado con su primera guerra desesperada. "La guerra interminable", le había bautizado el *Nuevo Mexicano*, y doscientos jóvenes americanos perdían la vida cada semana defendiendo lomas obscuras e ignominiosas—tales como "T-bone Hill", "Heartbreak Ridge" y "Luke the Gook's Castle". Estaban peleando en contra del comunismo—así creían—nomás que, como en aquella otra guerra que los Estados Unidos pelearía en vano una década después, los pobres soldados nunca podían distinguir los aliados de los enemigos. ¿Cómo se parecía un comunista?

El notorio senador Joseph McCarthy de Wisconsin no tenía ninguna dificultad en contestar esa pregunta. El sí podía reconocer a los comunistas y ni tenía que buscar fuera de la nación para encontrar una verdadera multitud de ellos—en el gobierno, en las universidades, la prensa y, sí, hasta en el cine. Y, en el mismo año que Marilyn Monroe "se descubrió" y Humphrey Bogart obtuvo el Oscar por la película "African Queen", Howard Hughes y otros millonarios fanáticos que controlaban la industria del cine empezaron su "lista negra" de cientos de "comunistas". Y cada una de estas "personas sospechosas" estaba obligada a presentarse al House Committee on Un-American Activities y a los otros comités inquisitoriales de McCarthy y su camarada, el senador McCarren, para jurar fidelidad a la "democracia" de los Estados Unidos.

Alger Hiss estaba en la prisión y el hombre que lo había metido allí estaba ya para ganar su entradita a la Casa Blanca como vicepresidente del Ike Eisenhower. Y ya Richard "Tricky Dick" Nixon, con

sunken eyes, was already duping the public with his first "confession" of innocence. He had done nothing wrong, he declared on television, exactly as he would twenty years later. He hadn't used a single *cent* of that $18,235 for his personal gain.

And while the citizens of the nation choked down that bullshit, twelve of them refused to believe Ethel and Julius Rosenberg. The judge sentenced them to death for their alleged crimes of espionage for Russia during World War II. A year later the couple would suffer a horrible death in the electric chair.

Fear.

How could people not be afraid now that everybody understood that scientists had developed the ultimate weapon of destruction, the atomic bomb? Scarcely seven years after Hiroshima, where the "Original Child" had reduced the Japanese city to a mound of radioactive ash, the U.S. disintegrated the island of Elugelad with the first thermonuclear bomb. "New bomb can destroy the world," the newspapers cried and, suddenly, apocalypse was an all too tangible possibility.

The following year, when the Russian minister Malenkov announced that his nation also possessed the hydrogen bomb, it came as no surprise to the CIA. The British spy Klaus Fuchs had passed secret information about the bomb to the Soviets during the war. Fuchs, of course, had served on the top secret team of scientists who had discovered the atomic recipe when they were hidden in the pines and precipices of Los Alamos, New Mexico.

New Mexico, a nation of mountains and deserts, nearly sovereign, thanks to its language, culture, and beautiful isolation. New Mexico, with its Rio Grande and infinite sky, with its rich land and people, unchanged for centuries under so many different flags. New Mexico, which had survived invasions of Indians, Spaniards, Mexicans, and Americans, assimilating them all—generals and bastards, lawyers and arrogant archbishops. This same New Mexico now found itself in the middle of the "atomic dawn," and it would never be the same.

The southern part of the state had already been contaminated by the first bomb at Alamogordo. In 1952, seven years after the initial test, the government finally covered the gigantic crater at "Trinity Site." But by that time, many people had already taken radioactive rocks from the site, never suspecting that some day their green souvenir rocks would take them to the graveyard.

sus labios sudados y ojos hundidos, estaba engañando al público con su primera "confesión" de inocencia. No había hecho ningún mal, dijo en la televisión, lo mismo que diría unos veinte años después. No había usado ni un *centavito* de esos $18.235 para su provecho personal. Y mientras que los ciudadanos de la nación se tragaban esa madera, doce de ellos no creyeron a Ethel y Julius Rosenberg, y el juez los condenó a muerte por sus alegados crímenes de espionaje por Rusia durante la Segunda Guerra Mundial. Un año después los dos sufrieron una muerte horrible en la silla eléctrica.

El miedo.

¿Cómo no iba a tener miedo la gente ahora que todos entendían que los científicos habían desarrollado el instrumento de la destrucción última, la bomba atómica? Apenas siete años después de Hiroshima—donde el "Original Child" redujo la ciudad japonesa a un montón de ceniza radioactiva—los Estados Unidos había desintegrado la isla de Elugelad con la primera bomba termonuclear. —Bomba nueva puede acabar con el mundo —los periódicos gritaron y, de repente, el apocalipsis era una posibilidad demasiado tangible.

Un año después, cuando el ministro de Rusia Malenkov anunció que su nación también tenía la bomba de hidrógeno, no le vino de sorpresa a la CIA. Bien sabía la comunidad de inteligencia americana que el espía inglés Klaus Fuchs había pasado información secreta sobre la bomba a los rusos durante la guerra. Y claro que Fuchs había servido en el equipo retesecreto de científicos que había descubierto la receta atómica escondidos entre los pinos y precipicios de Los Alamos, Nuevo México.

Nuevo México, una nación de montañas y desiertos casi soberana a causa de su lenguaje y cultura, por su aislamiento hermoso. Nuevo México, con su Río Grande y cielo infinito, con su gente y tierra rica que no había cambiado por siglos bajo tantas banderas diferentes. Nuevo México, que había sobrevivido invasiones de indios, españoles, mexicanos y americanos—que había asimilado generales y cabrones, abogados y arzobispos arrogantes. Este mismo Nuevo México ahora se encontraba en el mero medio del "alba atómico" y nunca iba a ser igual.

Ya la parte sud del estado se había contaminado con la primera bomba en Alamogordo. Apenas ahora, en 1952, siete años después, el gobierno había tapado el cráter gigante del "Trinity Site" de donde la comunidad había llevado las piedras contaminadas para la

And in the North, well, those precious scientists with their powerful secrets needed protection. Protection against the threat of evil communists. That was why Jenny and Craig Vincent, owners of a guest ranch in San Cristobal, had to suffer the attacks of Harvey Matusow, anticommunist and notorious liar, before Senator McCarren's Internal Security Committee. Matusow swore he had seen Clinton "el Palomino" Jencks at the Vincents' ranch, and everybody knew "el Palomino" was redder than the sunset. Jencks had been one of the strikers most responsible for the production of *Salt of the Earth*, that "subversive and communistic" movie that director Biberman and other members of the "black list" had filmed in Silver City, New Mexico, until a gang of "patriotic" vigilantes had run the entire crew out of the state and the immigration service had deported the Mexican film star Rosaura Revueltas. And if all of that wasn't "proof" enough, Matusow also noted that the Vincents led field trips to the ruins of the aboriginal Indians in Puyé. And the canyon where those ruins were located, well, it was no more than a few miles from the very gates of the Atomic City. By the soul of Uncle Sam! There seemed to be a communist lurking behind every pine.

No, one simply couldn't be too cautious. That was the thinking of the narrow and twisted minds of the government officials who controlled the "reservation" of Los Alamos and who had constructed the serpentine road and guard towers where every worker, relative, and tourist had to submit to a search of his vehicle and person before passing.

Even the sky wasn't secure. Soviet bombs could rain down from the north at any moment. So the government established the Ground Observer Corps, a group of volunteers who would patrol the skies day and night, watching for a foreign aircraft. And, of course, the U.S. Air Force maintained radar installations in northern New Mexico, five of them under the auspices of the 36th Air Division. Captain Joseph "Pops" Williams was the commander of one of them, the 747th Aircraft Control and Warning Squadron, situated near the town of Tierra Amarilla.

You remember Tierra Amarilla. Tiny, mountainous village of mountain peaks and magnificent pastures—the scene, some fifteen years later, of the last popular revolution in the United States, a nation supposedly founded on the very principle of revolution. But that fact was not in the minds of the National Guard soldiers and the state police and the sheriff of Río Arriba County and the deputies and the

casa, nunca sospechando que un día los recuerdos de piedras verdes
los llevarían al camposanto.

Y en el norte, pues, esos científicos preciosos con sus secretos
tan poderosos necesitaban protección. Protección contra la amenaza
de los pérfidos comunistas. Y por eso, Jenny y Craig Vincent, dueños de un rancho de huéspedes en San Cristóbal, tuvieron que sufrir
los ataques de Harvey Matusow, anticomunista y famoso mentiroso,
ante el Internal Security Committee del senador McCarren. Matusow
juró que había visto a Clinton "el Palomino" Jencks en el rancho de
los Vincent, y todo el mundo sabía que "el Palomino" era más rojo
que la puesta del sol. Jencks había sido uno de los huelguistas más
responsables por "Sal de la Tierra", aquella película "subversiva y
comunista" que el director Biberman y otros de la "lista negra"
habían hecho en Silver City, Nuevo México antes que un atajo de
vigilantes "patrióticos" los hubieran corrido del estado y la migra hubiera deportado a la estrella mexicana Rosaura Revueltas. Y si eso
no era "prueba" suficiente, Matusow también notó que los Vincent
hacían viajes a las ruinas de los indios aborígenes de Puyé. Y ese
cañón, pues ¡no quedaba más que a unas cuantas millas de las meras
puertas de la ciudad atómica! Ay ¡por el alma del Tío Sam!—había
un comunista escondido detrás de cada pino, quizás.

No, pues uno no podía tener suficiente cuidado. Así pensaban
los de las mentes estrechas y ñudosas que controlaban el gobierno y
la "reservación" de Los Alamos. Los mismos que habían construido
el camino serpentino y las torres de guardia—que todavía obligaban
a cada trabajador, pariente y turista a someterse a un esculco de su
vehículo y persona antes de pasar.

Hasta el cielo no estaba seguro. Bombas soviéticas podían llover
del norte inesperadamente. De modo que el gobierno estableció una
organización de voluntarios que se llamaba el "Ground Observer
Corps", cuya función era cuidar el cielo en todos momentos por si
apareciera una aeronave extranjera. Y claro que la Fuerza Aérea de
los Estados Unidos mantenía instalaciones de radar—cinco de ellas
en el norte de Nuevo México, bajo el auspicio del "36th Air
Division". El Capitán Joseph "Pops" Williams era el comandante de
una de ellas, la "747th Aircraft Control and Warning Squadron",
situada cerca de la placita de Tierra Amarilla.

Tierra Amarilla, tú te acuerdas de ella. Pueblito pequeño y norteño de cerros y pastos magníficos—la escena, unos quince años después, de la última revolución popular en los Estados Unidos, una

forest rangers and the redneck vigilantes from Chama when they surrounded the humble community with their weapons, airplanes, and
M-14 tanks. They were all in pursuit of Reies López Tixerina and his
band of land grant activists who had occupied the Tierra Amarilla
courthouse to protest the loss of the community land grants to rich
gringos. For years—generations actually—this insurrection had been
fermenting in silence, but suddenly all the world knew about it and
recognized the face of Reies "el Tigre" Tixerina in the articles in *Time*
magazine and on the NBC network news.

But now, in 1952, nobody had heard of Tixerina, not even in
Tierra Amarilla. Yet, the tiny village suffered another invasion of
armed troops. For, in this year, Captain Joseph "Pops" Williams
woke his entire company up one night at midnight and invaded the
sleepy county seat of Río Arriba.

The night of the "invasion," Pops Williams had fallen asleep
reading about the World Series and how the goddamned Yankees
had beaten the Dodgers again. And Pops had been thinking, right
before falling asleep, about how isolated he was in these mountains
full of stupid cows. He had grown up watching the Cardinals play in
St. Louis, but here . . . well, one had to be happy with the clouds.
There wasn't more than a single bar within 50 miles! And he didn't
even like to go in there because there was never anyone inside the
bar except for a few dark, old ranchers and that barmaid who was always saying something in Spanish which he couldn't understand and
then bursting out with laughter while she took his American dollars
for a six-pack of beer. And if there was one thing in this world that
Pops Williams couldn't stand, it was to have somebody laugh or talk
about him. But here in Tierra Amarilla it seemed like these Mexicans
didn't do anything else—and, of course, all they talked was pure
Mexican. Wasn't this place supposed to be part of the United States,
Pops Williams wondered. Then why the hell did everybody speak a
foreign language? Even the goddamned newspaper had some of its
articles written in Spanish! To Pops Williams it seemed like he hadn't
even left Korea—well, here he was, still among a bunch of short,
dark-eyed foreigners who spoke an incomprehensible language and
never wiped the damned smiles off their faces.

One thing was for sure, you could never trust such strange people. Take today, for instance. He had been driving the van to the
radar installation when a calf had jumped in front of the vehicle.

nación que suponía de ser fundada por el mero principio de la revolución. Pero los soldados de la Guardia Nacional y la policía del estado, y el Sheriff del condado de Río Arriba, y los rinches, y los guardamayores de la floresta, y los vigilantes de las "nucas coloradas" de Chama no se acordaron de eso cuando rodearon la comunidad humilde con sus armas, aeroplanos y tanques M-14. Todos estaban persiguiendo a Reies López Tixerina y su banda de "mercederos" que habían tomado posesión de la casa de corte en Tierra Amarilla, en protesta contra la pérdida de los ejidos y las mercedes a los gabachos ricos. Por años—generaciones—esta insurrección se había estado fermentando en silencio, pero de repente, todo el mundo sabía de ella y reconocía la cara de Reies "el Tigre" Tixerina en los artículos de *Time* y las noticias de la red de NBC.

Pero ahora, en 1952, nadien había oído de Tixerina, ni tan siquiera en Tierra Amarilla. Pero el pueblito sufrió otra invasión de tropas armadas. Porque en este año, el Capitán Joseph "Pops" Williams despertó a toda su compañía a medianoche e invadió la capital adormecida del condado de Río Arriba.

La noche de la "invasión", Pops Williams se había dormido leyendo del World Series de béisbol y de cómo los malvados Yankees les habían ganado a los Dodgers—otra vez. Y Pops había contemplado, antes de entrar en el sueño, de qué tan aislado estaba en este lugar de puras montañas y vacas estúpidas. El se había criado cuidando los juegos de los Cardinals en St. Louis, pero aquí, pues uno tenía que contentarse con las nubes—¡no había más que una sóla cantina a unas cincuenta millas! Y ni le gustaba entrar allí, porque nunca había más que unos cuantos rancheros viejos y trigueños, y aquella cantinera que siempre decía alguna cosa en español que él no entendía, y luego se soltaba riéndose mientras que agarraba sus dólares americanos por una seis de cerveza. Y si había una cosa en el mundo que Pops Williams no podía soportar, era que alguien se riera o hablara de él. Pero aquí en Tierra Amarilla, pues parecía que esta gente mexicana no hacía más—y claro que no hablaban más que puro mexicano. ¿Que no era este lugar parte de los Estados Unidos?—preguntaba Pops Williams. Entonces—¿por qué diablos hablaban un idioma extranjero? ¡Hasta el mero periódico tenía varios artículos escritos en español! Al Pops Williams se le hacía que ni había salido de Corea—pues, aquí andaba todavía entre extranjeros

Pops jerked the wheel to one side barely in time. He missed the
animal but he lost control of the van when the left wheel went off the
gravel into the mud that was all along the side of the road after yes-
terday's rain. Pops got out of the van to find it stuck right up the axle.
He just stood there awhile, cursing the situation until he at last decided to get the three-ton jack out and crawl down in the mud. But
he could just as well have used a ten-ton jack, for as soon as it caught
the weight of the van, it sank into the muck.

After spending an hour or more rolling in the reddish soup under
the van like some delirious pig, Pops heard horses coming. Then
somebody yelled at him, "¿Qué pasa, primo?"

It was two boys seated bareback on a pair of horses. When Pops
pulled himself up out of the mud and approached the boys, one of
them said something to the other which Pops didn't understand, and
they both broke out laughing. "Oye, you need some help, soldier?"
one of them asked Pops while the other got off his horse to look at
the stuck van. After a moment's inspection he declared, in a certain
and professional tone: "Ain't no *way* you're gonna get that thing
outa *there*, guy!"

"Maybe you oughta call for one of them tanques!" added the
other, playfully slapping Pops on the back and sending a shower of
muddy water spraying in all directions.

"Hey, you wanna ride man? We're headin' into town anyway."

Pops gazed down the long, empty road and realized it was a hell
of a long way to walk. It looked like he wasn't going to have any
choice but to go with these . . . these jokers.

But he immediately regretted the decision. For one thing, he had
never ridden a horse in his life—jet planes yes, but he had never before gotten on a wild animal. Yet, here he was now, sitting on the
back of this monster with his fingers clutching for dear life in the belt
of the boy in front of him who appeared to have been born on the
animal.

And the boys didn't lose their opportunity to scare the shit out of
this fucking soldier. The military installation might not have been in
Tierra Amarilla for long, but the local residents who had lived in
these mountains forever had already gotten fed up with these arrogant blue-eyed blondes in the green uniforms with their imperialistic
faces and incredibly dirty mouths. The soldiers passed through the
small villages like so many conquerors, and the worst of all was that
these gringos were putting in their four years of service in such com-

chaparritos con ojos negros, una lengua incomprensible y esas mal-
ditas sonrisas permanentes.

Pues, *nunca* podía uno confiarse en una gente tan extraña así—
como hoy, por ejemplo. El había estado manejando el "van" a la instalación de radar cuando un becerrito brincó en frente del vehículo.
Pops jaló la rienda para un lado nomás a tiempo. Pues, escapó de
pegarle al animal pero, al mismo tiempo, perdió control del van
cuando la rueda izquierda se salió del "gravel" y se metió en el zoquete que había por todo el lado del camino después de la lluvia de
ayer. Pops bajó de la troca para hallarla hundida hasta el mero eje.
Pasó un buen rato renegando la situación en que se encontraba. Al
fin no podía hacer más que sacar el "yaque" de tres toneladas y me-
terse en el zoquete. Pero no hubiera importado si hubiera usado un
fierro de diez toneladas porque tan pronto que agarró el peso del van
nomás se sumía en el zoquete.

Después de pasar una hora o más revolcándose en el caldo colo-
rado debajo del van como un marrano frenético, Pops oyó caballos
acercándose. Luego alguien le gritó: —¿Qué pasa, primo?

Eran dos muchachos sentados en unos caballos sin sillas, y cuando Pops se levantó del zoquete y se arrimó a ellos, uno le dijo alguna
cosa al otro que Pops no entendió y los dos soltaron una risita.
—Oyes, you need some help, soldier? —le preguntó uno de ellos
mientras que el otro desmontó su caballo. Ese miró el van atascado
por un momento y luego declaró, en un tono cierto y profesional:

—Ain't no *way* you're gonna get that thing outa *there,* guy!

—Maybe you oughta call for one of them tanques! —añadió el
otro, dándole un golpecito juguetón a Pops en el espinazo que roció
agua sucia en todos rumbos.

—Hey, you wanna ride, man? We're headin' into town anyway.

Bueno, Pops miró el camino largo y abandonado, y se dio cuenta de que estaba bastante lejos para caminar. Parecía que no iba a
tener más chanza que irse con estos . . . estos "chistosos".

Pero de una vez le pesó esa decisión. Bueno, nunca en la vida se
había subido en un caballo—aviones de retropropulsión sí—pero
nunca se había sentado en un animal bruto y mesteño. Pero aquí
estaba en el espinazo de este monstruo con los dedos pegados de
puro terror en la faja de un chamaco que parecía que había nacido
en el animal.

Y los muchachos no perdieron la oportunidad de meterle miedo
a este cabrón de soldado. La instalación militar no había estado en

fortable fashion here while so many brothers and sons of the Martínez and Manzanárez families had been sent to that war on the opposite side of the world which seemed to have no purpose or end.

So, as soon as Pop climbed up, the two boys whipped their horses and took off in a furious race. The faster they galloped, the louder Pops screamed. "Fuck. . . . faaaaaack!!!" he shrieked involuntarily until he swallowed a clod of earth the lead horse had kicked up with its hooves.

Pops figured these delinquents would have already laughed enough at him by the time they got to the cantina, Lupe's Bar and Grill. But no, they shared one more laugh when Pops fell off the horse like a dry leaf snapping from a cottonwood branch and walked bow-legged to the door with his ass on fire.

Pops Williams walked into Lupe's Bar and Grill to ask for the telephone at the same moment the owner of the bar, Guadalupe Martínez, was returning from the post office. As soon as Guadalupe opened the door, his wife asked him, with anxiety in her voice, "Nothing?"

"Nothing," responded Guadalupe as he shook his head, partly because of the muddy soldier he noticed behind the bar screaming into the phone. What Guadalupe and Beatriz, his wife of 32 years, were so anxiously awaiting was a letter from their youngest son. Gerald was a soldier in the U.S. Army and, in the eleven months since he had been in Korea, he had never missed a week without sending a letter home. But now it had been two weeks and a few days since Guadalupe and Beatriz had heard from him. Every night Beatriz prayed more fervently to the Santo Niño de Atocha and to Nuestra Señora de Guadalupe. Still, they had not received a single word from Gerald, even though it was almost his birthday.

Well, and it was Geraldine's birthday too, because they were twins. But Beatriz didn't know what to do with Geraldine anymore. "No good!" Beatriz would say when people at the bar asked her how her youngest daughter was. "No good! Well, she never visits me— just once in awhile to cry. Cry, cry all the time—well, who has her with that crazy man?"

"That crazy man" was Geraldine's husband, a gringo she had brought home after her first semester of college in Santa Fe. All that cost to send her to school and that was all she had learned—to get married to some idiot who couldn't speak Spanish. And he wasn't

Tierra Amarilla ni tanto tiempo, pero a los residentes locales que habían morado en esta sierra por siempre, se les había colmado la arrogancia de estos güeros con sus uniformes verdes y sus ojos tan azules, con sus caras imperialistas y sus bocas tarre cochinas. Los soldados se paseaban por los pueblitos como tantos conquistadores y lo peor de todo era que éstos pasaban sus cuatro años de servicio tan suavecito aquí mientras que tantos hijos y hermanos de las familias Martínez y Manzanárez fueron enviados a aquella guerra en el otro lado del mundo que no parecía tener ni motivo ni fin.

De modo que cuando se subío Pops, los dos muchachos de una vez le dieron a las bestias y se soltaron en una carrera furiosa. Y cuanto más rápido galopaban, más alto gritaba Pops. —Fuck!. . . . faaaaaack!!! —chillaba involuntariamente hasta que se tragó un césped que el caballo de adelante había lanzado con las pesuñas.

Y Pops pensaba que estos delincuentes ya hubieran acabado de reírse de él para cuando llegaron a la cantina, Lupe's Bar and Grill. Pero no, compartieron una risa más cuando Pops se cayó del caballo como una hoja seca de un álamo y caminó a la puerta con las piernas estevadas y la rosca hecha lumbre.

Pops Williams entró a Lupe's Bar and Grill a pedir el uso del teléfono junto con el dueño de la cantina, el Guadalupe Martínez, quien venía de la estafeta. Nomás abrió la puerta el Guadalupe, y, de una vez, su vieja le preguntó, con una ansia en la voz: —¿Nada?

—Nada —respondió el Guadalupe, y sacudió la cabeza, en parte por ver al soldado enzoquetoso hablando en voz alta por teléfono detrás de la barra. Lo que el Guadalupe y su esposa de treinta y dos años, la Beatriz, esperaban tanto era una carta de su hijito menor. El Gerald era un soldado en el ejército de los Estados Unidos y, en los once meses que había estado en Corea, nunca les había faltado una carta cada semana. Y ahora, pues ya hacía dos semanas y unos días más que el Guadalupe y la Beatriz no habían recibido ninguna palabra de él. Cada noche la Beatriz le rezaba más devotamente al Santo Niño de Atocha y a Nuestra Señora de Guadalupe. Pero todavía no habían oído nada, y ya mero era el cumpleaños del Gerald.

Bueno, y de la Geraldine también, porque eran cuates—nomás que la Beatriz ya no hallaba qué hacer con la Geraldine. —¡Nada bien! —decía cuando la gente en la cantina le preguntaba de cómo estaba su hijita menor—. ¡Nada bien! Pos, nunca me visita, nomás

even a Catholic! A justice of the peace had married them in the capital and, in Beatriz's eyes, that was "no good." The only true wedding was a church wedding, but what was Beatriz supposed to do about it? Geraldine hadn't asked for her mother's advice, or her permission either. But now that the bastard had started hitting her, now she wanted help. She'd come running home to her mama crying every time her husband got drunk and beat her, but who had forced her to marry the guy anyhow? Too spoiled—that was Geraldine's problem. That was the reason why she got so many ideas in her head, ideas like leaving her home and her town to go to school. What business did a woman have in college anyway? And then to get married to that gringo, a "foreigner" who came from a place Beatriz couldn't even pronounce the name of. Not a single one of Geraldine's brothers and sisters had acted like her. They had all settled down in Tierra Amarilla and were perfectly content to live here with their families. Well, at least Geraldine still hadn't had any children with that devil—and she'd better not have any either!

What a hard life it was to be a mother! And now her baby, her Gerald, so far away from home. But then, at least he was serving his country and not fooling around like his sister. Beatriz couldn't figure it out. How could twins turn out to be *so* different? When Geraldine had been out living it up, Gerald had stayed at home, helping out his parents with the greatest respect. He would never do what Geraldine had done. No, Gerald really respected his parents—he venerated them. That was why Beatriz had become so frightened by his silence. Two and a half weeks without a letter. Gerald would never do that, unless . . . well, she couldn't even think of that. If she lost him, she wouldn't know what to do. She just wouldn't know.

But one thing Beatriz did know was every intimate detail of the life of every soul from Tierra Amarilla, Brazos, Parkview, Ensenada, and Chama. As the barmaid in the only bar, she heard the gossip from all up and down the mountains and she repeated it all, each time adding another teaspoon of sadness, an extra dash of tragedy. She knew who was divorced, who had died, and who was pregnant (even though the poor parents of the dishonored girl still didn't realize it). Beatriz was the expert on *all* the ailments of the area, and all she ever did was talk about them. She also never minded working hard, and when Guadalupe needed help to castrate a calf and couldn't get one of his sons to help him, Beatriz would tie up the animal's legs and pull the rope as tightly as any man. If she wanted

de vez en cuando a llorar. Llori y llori—pos, ¿quién le trae con aquel loco?

"Aquel loco" era el esposo de la Geraldine, un gringo que ella había traído a la casa después de su primer semestre de colegio en Santa Fe. Todo ese costo de mandarla para la escuela y eso era todo lo que había aprendido—casarse con un pendejo que ni español sabía hablar. Y ¡no era ni católico! Pues, un juez los había casado allí en la capital, y para la Beatriz eso no era "nada bien". Sólo un casamiento de la santa iglesia era un casorio de verdad, pero la Beatriz, pues ¿qué iba a hacer? La Geraldine no le había preguntado nada—ni consejos ni permiso. Pero ahora que el cabrón había empezado a pegarle, pues ahora sí. Aquí venía llorando a su mamacita cada vez que su hombre se emborrachaba y le entraba a ella con los golpes, pero ¿quién la había traído con él? Siempre muy echada a perder la Geraldine. Esa era la causa de que se le habían metido tantas ideas en la cabeza—huirse de su casa y pueblo para ir a la escuela. Pues, ¿qué negocios tenía una mujer en el colegio? Y luego, casarse con aquel gabacho—ese "extranjero" que venía de un lugar que ni el nombre podía pronunciar la Beatriz. Pues, ni uno de sus hermanos o hermanas había hecho como la Geraldine. Todos se habían quedado en Tierra Amarilla y aquí vivían murre contentos con sus familias. Bueno, por lo menos la Geraldine todavía no había tenido hijos con ese demonio—y ¡valía más que no los tuviera!

Ay ¡qué vida tan pesada la de la madre! Y ahora, su hijito, su Geraldo, tan lejos de casa. Bueno, claro que estaba al servicio de su país y no metido en pendejadas como su hermana. La Beatriz no lo podía figurar. Pues, eran cuates, pero unos muchachos *tan* diferentes. Cuando la Geraldine había andado dándose vuelo, pues el Gerald siempre se había quedado en la casa de sus padres, ayudándoles con aquel respeto. El *nunca* haría lo que su hermana había hecho. No, el Gerald sí respetaba a sus papases—los veneraba. Y por eso la Beatriz se había asustado peor con su silencio. Dos semanas y media sin una carta—el Gerald no haría eso si no . . . si . . . pues, ella ni podía pensar en eso. Si lo perdiera, pues no sabía qué iba a hacer. No sabía.

Bueno, pero una cosa que la Beatriz sí sabía era cada detalle íntimo de todas las almas de Tierra Amarilla, Brazos, Parkview, Ensenada y Chama. Como la cantinera de la única barra, pues oía el mitote de todo el monte y lo repetía, cada vez añadiéndole una cucharita más de tristeza, otro puñado de tragedia. Sabía quién se

new cabinets in the bar, well she picked up the saw and made them herself. Beatriz had built the new rock wall in front of the bar and the house, and she had done a decent job of it too. She had done a lot of the carpentry in the "Moor's Place." That was what people called the bar, because Guadalupe was a very dark man—nearly black, in fact. Some folks also called the place "Blackie's and Busybody's Bar," but never in front of the couple.

But whatever it was—Lupe's Bar and Grill, the Moor's Place, or Blackie's and Busybody's Bar—it was the place where all the aging ranchers could get together to discuss the old days over a beer during the long summer afternoons. It was also the place where women could drag their husbands for the dance every Saturday night when the Serrano brothers would play. It was the center of the community—the home away from home, and they even had a couch out on the porch where those who were very tired (or overly drunk) could lie down to rest.

Except that the couch was more or less the private property of the Primo, because he was always sacked out there. Everyone knew him by the nickname, the "Primo" because that's what he himself always called everyone. Some of the younger guys didn't even know his real name was Teresino Abeyta, but they did know the "Primo" well enough, because he never hid his opinions.

Plus, he was almost always at the bar, unless, of course, he was chasing after a calf on his old wasted mare. Fat and toothless, the Primo had seen enough springs to understand the traditional life of the cowboy. The only trouble was that he had been "just like his old man," as Guadalupe would always say. That is, the Primo knew how to handle animals all right, but he always mistreated them too. He had never understood that a horse learns more with a handful of grain and a few affectionate words than with curses and whipping. The Primo was a rough and evil-tempered man—when he was sober, at least—and he liked to brag that he had trained his mare by beating the crap out of her.

And the thing was that he didn't get that angry solely with animals. He'd also lose his cool with people, and particularly the gringo thieves who had stolen the land. The Primo was a member of the Tierra Amarilla Land Grant Corporation, and he was also one of the legitimate heirs of Manuel Martínez, the early ancestor who had originally requested the grant from Governor Abreu in 1832. The Primo still had the deed that Manuel's son, Francisco Martínez, had

había divorciado, quién se había muerto, y quién andaba "enferma" (aunque los pobres papases de la desgraciada todavía ni lo sabían). No, la Beatriz era la experta de *todas* las enfermedades del área, y nunca se le hacía nada platicar de ellas. Tampoco le daba miedo trabajar, y cuando el Guadalupe necesitaba ayuda para capar un becerro y no podía conseguir a sus hijitos, pues la Beatriz amarraba las patas del animal con el cabresto y lo tiranteaba como los hombrecitos de cuanto hay. Si ella quería unos gabinetes nuevos en la cantina, pues agarraba el serruche y los hacía. La tapia nueva de piedra en frente de su casa y la cantina, pues, la Beatriz la había construido, y un trabajo muy regular había hecho también. Mucha de la carpintería la había hecho ella en la "Casa del Moro". Así le llamaba la gente a la cantina, porque el Guadalupe era un hombre muy trigueño—casi negro, sabes. Algunos también le decían "la Casa del Moro y la Mitotera", pero nunca delante de ellos.

Pero fuera lo que fuera—Lupe's Bar and Grill, la Casa del Moro, o la Casa del Moro y la Mitotera—era el lugar donde los rancheros viejos se podían juntar a discutir los tiempos antiguos sobre una cerveza durante las tardes largas del verano, y las mujeres podían traer a sus esposos tercos pa'l baile cada sábado por la noche cuando los hermanos Serrano tocaban. Era el centro de la comunidad—el hogar fuera de la casa—y tenían hasta un sofá en el portal donde los muy rendidos (o demasiado borrachos) podían descansar.

Nomás que era casi la propiedad privada del Primo, como él siempre estaba acostado allí. Todos los conocían por el apodo "el Primo", porque así le decía a todo el mundo—"primo". Hasta algunos jóvenes ni sabían que su nombre verdadero era Teresino Abeyta—pero sí conocían bien al "Primo", porque él nunca escondía sus opiniones.

Y casi todo el tiempo se quedaba en la cantina—bueno, cuando no estaba persiguiendo un becerrito en su yegua gastada. El Primo, hombre molacho y gordito, había visto suficientes primaveras para entender la vida tradicional del vaquero. Nomás que siempre había sido "la mismita cosa que su papá", como decía el Guadalupe. Es decir, el Primo manejaba los animales sí, pero los maltrataba todo el tiempo. Nunca había aprendido que a un caballo se le enseña mejor con un puñado de grano y unas palabritas cariñosas que con azotazos y reniegos. Un hombre murre bruto y enojón el Primo—cuando andaba sobrio—y a él le gustaba declarar que había enseñado a su yegua "a puros chingazos".

given to his great-grandfather in 1863. And right after the description of the acreage that belonged to his great-grandfather, the deed read: "Which acreage retains the right to the Pastures, Waters, Woodlands, and Roads, free and in common . . . so that he may enjoy them, together with his sons, heirs, and successors, and that no man may disturb them."

But, of course, a whole pack of lawyers and thieves had "disturbed" them. Now the sprawling pasturelands of the original Tierra Amarilla Land Grant belonged to the rich gringos and the government. It had all begun with that fucking Thomas Catron, the lawyer who had come from the East to "represent" the people and who helped himself to their land for his pay. By the turn of the 19th century, he was the owner of more than two million acres of the common lands of the land grants.

Then the railroads had come, packed with even more thieves until, at last, the heirs of the Tierra Amarilla Land Grant had ended up with a few tiny lots of land while rich Texans continued fencing off the "Pastures, Waters, Woodlands, and Roads." Like this Bill Mundy who had just arrived last year and who had run the Primo off his land with a rifle in his hand. The Primo had only been cutting a few pines for his corral, in the same place where his father had always cut them. After that frustrating incident, the Primo had preached to everyone at the Moor's Place about how they ought to teach a good lesson to that fucker, one that would send him running all the way back to Texas. Right now the Primo's neighbor, José María Martínez, who was also a member of the corporation, had taken Mundy to court. But the Primo had no confidence in the courts. After all, his own father had been the one to hire that lawyer from Parkview, that LaFollette, back in 1938. They had taken their class to the Río Arriba District Court, but it had all been a waste of time and money. The courts would never return the grant to the people, and the Primo was now saying that it would be better to take a little direct action. They should cut the fences on the grant, run their animals in, haul out firewood, and, yes, even kill the gringos' cattle and burn their haystacks.

And though Guadalupe agreed with a lot of what the Primo said, he still didn't like it when he started talking about violence. Sure the gringos had stolen the land, but this idea of getting violent, well, Guadalupe just didn't care for it. Somebody could get hurt and, anyway, it wasn't good for business. Like with these soldiers who were here now. Guadalupe didn't like them more than anyone else, but

Bueno, y no era nomás con los animales que le daba ese coraje tan famoso. También los hombres hacían que se le subiera la mostaza o—para ser más exacto—los ladrones gringos que se habían robado la tierra. El Primo era un miembro de la Corporación de la Merced de Tierra Amarilla—y también era uno de los verdaderos herederos del Manuel Martínez, el antepasado que había pedido la merced del Gobernador Abreu en el año de 1832. El Primo todavía tenía la hijuela que el Francisco Martínez, el hijo del Manuel, le había dado a su bisabuelo en el año de 1863. Y después de la descripción de las varas que pertenecían a su bisabuelo, la hijuela decía: —Las cuales varas de tierra quedan con el derecho a los Pastos, Aguas, Leñas, Maderas, Caminos, libres y comunes . . . para que las goce por sí, sus hijos, herederos, y sucesores y que ninguno le ponga inturbio.

Pero claro que un atajo de abogados y ladrones le habían puesto "inturbio". Pues, ya los ejidos grandes de la merced original de Tierra Amarilla pertenecían a los puros gabachos ricos y al gobierno. Había comenzado con aquel cabrón de Tomás Catron, el abogado que había venido del Este a "representar" a la gente y que había tomado posesión de su terreno como pago. Al terminar el siglo diecinueve, era el dueño de más de dos millones de acres de la tierra común de las mercedes.

Luego los ferrocarriles habían venido, acuñados con todavía más ladrones hasta que ya los heredores de la Merced de Tierra Amarilla se quedaban con unos solarcitos de terreno mientras que los tejanos ricos seguían acercando "los Pastos, Aguas, Leñas, Maderas y Caminos". Como este Bill Mundy que había llegado el año pasado y que había corrido al Primo de su propiedad con un rifle en la mano. Pues, el Primo estaba nomás cortando unos palos para su corral, en el mismito lugar donde su papá siempre los había cortado. Después de ese chasco, el Primo había predicado a todos en la Casa del Moro de cómo deberían de enseñarle una lección a aquel cabrón—pero ¡bien dada!—para que huyera pa'trás a Texas. Ahora su vecino, y otro miembro de la Corporación, José María Martínez, le ponía pleito a Mundy, pero el Primo no tenía ninguna confianza en las cortes. Pues, había sido su mero papá que había conseguido aquel abogado de Parkview—ese LaFollette—en 1938. Ellos habían llevado su pleito a la corte del distrito de Río Arriba, pero había sido un gasto de dinero y tiempo. Las cortes *nunca* iban a devolver la merced a la gente, y el Primo declaraba que ya era mejor tomar acción direc-

they did spend plenty of money at the bar. So why would he want to "send all those bastards to hell," as the Primo would say?

It seemed to Joseph "Pops" Williams that he was already living in hell. What a strange, godforsaken place! How in the devil had he ever ended up here?

Not that he had come here straight from paradise. Pops had wasted his youth—he himself admitted that—wandering from one job to the other, from one city to the next. And the few nickles he had in his pocket he threw away on the horse races or at the pool halls. When the Japanese dropped their bombs on Pearl Harbor, Pops Williams had just been discharged from the hospital where he had been recovering from a bout of alcoholism.

The war, in a sense, had been a blessing for Pops, for it had given direction and meaning to his empty existence. He spent three years as a radar operator on a ship in the Pacific. But as soon as the armistice was signed, Pops found himself cut adrift again. He spent a year in college, courtesy of Uncle Sam. And he took a number of different courses—electronics and geology, among others—but nothing seemed to genuinely interest him.

Until the Air Force accepted him for their pilot-training program. Ever since he was in the war, Pops had admired those guys who flew the planes. What freedom! What power! That would be worth working for. Of course, Pops had to put up with the teasing of the other men who gave him his nickname because he was ten years older than the majority of them. But when he sat down for the first time in an F-86 Sabre jet, he knew he had finally found his place in life.

And he had served his country with distinction during his two years in Korea. In fact, with the nine enemy planes he had shot down over Korea, he had the reputation of being one of the three best pilots in the war.

Then it arrived—that clear and beautiful March morning when his life changed forever. They never knew what had happened in the air, but when Pops landed his damaged F-86, they had to pull him out because he couldn't move in his state of shock. Then they had found Lieutenant George Billings, Pops' co-pilot and roommate, slumped over his weapon. Half of his face had been blown away.

And now, as he slept in his private room, Pops Williams dreamt about that face, that same face that continued to pursue him, even here in Parkview, New Mexico.

ta—cortar cercos, meter animales, llevar leña y, sí, hasta matar vacas y quemar pilas de zacate.

Y, aunque el Guadalupe estaba de acuerdo con mucho de lo que el Primo decía, todavía no le cuadraba cuando él hablaba de la violencia. Pues, sí los gringos se habían robado la tierra, pero esta idea de hacer daño, pues no le gustaba al Guadalupe. Alguien se podría lastimar, y al cabo que no era tan bueno para el negocio. Como estos soldados que andaban aquí ahora. Pues, el Guadalupe no los quería tampoco, pero sí gastaban bastantes centavos en su cantina y ¿cómo los iba a querer "mandar a la chingada", como decía el Primo?

Al Joseph "Pops" Williams se le hacía que ya *andaba* en la "chingada". ¡Qué lugar tan solo—tan extraño! ¿Cómo demontres se había dado a llegar acá?

No que había venido de un paraíso. Pops había gastado su juventud—él mismo lo admitía—vagando de un jalecito a otro, de una ciudad a otra. Y los pocos "nicles" en la bolsa los tiraba en las carreras de caballos o las mesas del pool. Cuando los japoneses tiraron unas bombas en Pearl Harbor, Pops Williams apenas había salido del hospital donde se había estado recuperando de su alcoholismo.

La guerra, en cierto modo, había sido una buena cosa para Pops, porque le había dado dirección y sentido a su existencia tan vacía. Pasó tres años en un barco en el Océano Pacífico manejando el radar. Pero nomás llegó el armisticio, y Pops se encontraba perdido otra vez. Bueno, pasó un año en el colegio, cortesía del Tío Sam. Y tomó varios cursos—la electrónica, la geología, entre otros—pero parecía que nada le cuadraba.

Hasta que la Fuerza Aérea lo aceptó para su programa de pilotos. Desde el tiempo de la guerra, Pops había admirado a aquellos que volaban los aeroplanos. ¡Qué libertad!—qué poder!—eso sí valdría la pena. Claro que Pops tuvo que sufrir la burla de sus compañeros, quienes le dieron su sobrenombre porque él tenía diez años más que la mayoría de ellos. Pero cuando se sentó por primera vez en un F-86 Sabre jet, pues sabía que al fin había hallado su propio lugar.

Y sí, había servido a su país con distinción durante sus dos años en Corea. En efecto, con los nueve aeroplanos enemigos que había destruido en el cielo coreano, Pops Williams tenía la fama de ser uno de los tres pilotos más sobresalientes de la guerra.

Just a few miles to the south, the dance had already begun at Lupe's Bar and Grill, and the Primo was at the bar talking to Guadalupe and Beatriz. Since he hadn't been drinking too much, he was still in his senses. As always, he was cursing the gringo Forest Rangers, the big ranchers and, especially, that fucking Mundy. It was one thing to talk like that with the Moor, but it was altogether different with Beatriz. She didn't like it one bit—well, had they forgotten that her own son Elias worked for the Forest Service? And if this kind of talk ever got back to the office, how long did they think Elias would keep his job?

Then she remembered her son in Korea, as she invariably did, and the Primo repeated the same advice he had already told her countless times—he must be some place where he can't mail a letter, or maybe it's the mailman, or who knows how many other possibilities. And, like always, not a single one of the explanations eased her anxiety.

But, then, there was some new gossip tonight and, after awhile, Beatriz launched into it. "Hey, Primo, what did you think about the news?"

"What news?"

"Well, you know, that they burned Spillman's haystack."

"Really? When?" the Primo asked with a broad grin.

"You know—last night. Hey, don't act so dumb. I bet you were there yourself!"

"Me? I can't believe it! How could you say such a thing?" he said, and even Beatriz had to chuckle at his "innocence." "I can't tell you who did it, but I can sure explain *why* they did it," the Primo continued.

But he didn't get the chance, for, at that moment, the sheriff walked in. Ramón Baca, a squat man of sixty-two years of age, took his sweet time to do *everything*. Never once in his life had he been in a hurry. In his eight years as sheriff of Río Arriba County, he had become notorious for taking it nice and slow, and tonight was no exception to the rule. Naturally, he had been investigating to see if he couldn't find out who had started Spillman's haystack on fire. But he hadn't discovered many clues yet—just a couple of footprints, and that was it.

"No, we still don't know too much," Sheriff Baca told Beatriz after exchanging greetings and inquiring about the health of the family.

Luego llegó aquella mañana clara y bonita de marzo cuando su vida cambió para siempre. Nunca supieron qué había pasado en el aire, pero cuando Pops aterrizó su F-86 estropeado, lo tuvieron que sacar en brazos porque no podía ni moverse en su estado de estupor. Luego habían hallado al Teniente George Billings, su compañero de cuarto y del aeroplano, recostado sobre su escopeta. Le faltaba la mitad de la cara.

Y ahora, mientras que dormía en su cuarto privado, Pops Williams soñaba con aquella cara, la misma cara que todavía le perseguía—hasta aquí, en Parkview, Nuevo México.

Unas cuantas millas al sur, ya el baile había comenzado en Lupe's Bar and Grill, y el Primo estaba junto a la barra platicando con el Guadalupe y la Beatriz. Como no había tomado mucho, todavía andaba en su sentido y estaba maldiciendo, como siempre, a aquellos gabachos de la floresta y los rancheros grandes y, particularmente, a aquel cabrón de Mundy. Bueno, era una cosa hablar asina con el Moro, pero era completamente otra platicar delante de la Beatriz. A ella no le gustó nada—pues, ¿que se habían olvidado que su hijo Elias trabajaba por la floresta? Y si se llegaría a saber esta plática allá en las oficinas, ¿qué tanto tiempo se les hacía que él iba a tener su trabajo?

Luego ella se acordó, como siempre, de su hijito en Corea, y el Primo repitió los mismos consejitos que ya le había dicho un atajo de veces—seguro que anda en un lugar donde no puede mandar una carta, o son los que manejan el correo, o quién sabe qué tantas otras cosas. Y, como siempre, ni una de las explicaciones aquietaba su pena.

Bueno, pero había un mitote nuevo y, al rato, la Beatriz le entró.

—Oye, Primo, ¿qué piensas de las nuevas?

—¿Qué nuevas?

—Pues, tú sabes, que le quemaron la pila de zacate a ese Spillman.

—¿Sí? ¿Cuándo? —preguntó el Primo con una sonrisa ancha.

—Anoche, hombre, tú lo sabes. No juegues al tontito. ¡Quién sabe si tú no anduvieras allí!

—¿Yo? ¡Qué mujercita! ¿Cómo puedes decir *eso?* —dijo, y hasta la Beatriz tuvo que reírse de su "inocencia"—. Yo no les puedo decir quiénes lo hicieron, pero sí les puedo explicar *por qué*.

Pero no le dio la chanza porque, en ese momento, entró el

"I don't imagine *you* would have any idea, would you, Primo?" said the sheriff, eyeing the man a long moment, convinced he was the very leader of the group.

"No, I don't, Ramón. I don't know a thing," replied the Primo, realizing all the while that the sheriff knew it was him.

"Oh well, I'm not all that excited to catch them anyhow. I wouldn't tell you if I wasn't sure that none of you would repeat it,"continued the sheriff while the "Busybody" taped every word in her mind. "But those gringos treat me so bad that I don't care if we catch those guys or not. I mean, they talk to me as if I was incompetent—like it was my fault or something. Shit, who told them to come here in the first place?"

"Right! Just like these goddamned soldiers," the Primo added with a gesture of disgust at a group of them seated in the corner.

These three soldiers were already pretty drunk and their conversation was becoming a little rough. There were two gringos and one Mexican, and one of the gringos, PFC Jake Taylor, a kid from Lamesa, Texas, was telling the other one: "Hey, I wonder which of these wimen is poo-tahs."

Then he said to the Mexican, "Hey, that's how ya say it, ain't that right, MON-dragon?"

He always pronounced PFC Josué Mondragón's name like that, as if it were two words, with the accent on the first syllable.

"POO-TAH," he repeated with still more emphasis until poor Josué, who had been trying so hard not to get mad tonight, was finally obligated to do so anyway.

"Just pipe down, will you, Taylor?" he said.

"Oh yeah? Look who's tellin' *me* to be *quiet!* Hey, ain't you one of these people too, MON-dragon? You're a Meskin too, ain't ya?"

"I'm from El Paso."

"Ha!—a wetback! That's even worse!" and he laughed harder then ever. "Hey, MON-dragon, why don't ya jest go back to where ya come from?"

"You're the one who's gonna fuckin' go back to where you come from, cabrón—and here's the free postage!" And with that, Josué hit Taylor in the mouth. Even from where the sheriff stood, you could hear the teeth shatter.

They separated the pair right away and kicked them out of the bar, but PFC Jake Taylor remained standing in front of the door with

Sheriff. Ramón Baca, un hombre chaparrito de sesenta y dos años, era un hombre *muy* pachorrudo. A él le gustaba tomar su tiempo para hacer *todo*—nunca en la vida había tenido prisa. Y, en los ocho años que había servido de Sheriff del condado de Río Arriba, pues, nunca se había apurado para hacer nada—y ahora no era ninguna excepción. Oh sí, estaban investigando a ver si no podían encontrar a los que habían encendido la pila de zacate de aquel Spillman. Pero todavía no tenían mucha idea—unas huellas habían hallado, pero nada más.

—No, todavía no sabemos mucho —Sheriff Baca le dijo a la Beatriz, después de intercambiar las buenas noches de Dios y preguntar por la salud de las familias.

—Yo creo que *tú* no tienes ninguna idea, ¿no, Primo? —dijo el Sheriff, mirándolo un buen rato, convencido de que era el mero líder.

—Pues, *yo* no, Ramón, no sé *nada* —respondió el Primo, sabiendo todo el tiempo que el Sheriff sabía que era él.

—Bueno, casi no tengo ni tantas ganas de hallarlos. Yo no les dijera si no estaba seguro de que ustedes no lo repitieran—continuó el Sheriff, mientras que la Mitotera grababa cada palabrita en su mente—. Pero esa gente me trata *tan* mal, que casi ni me importa si los encarcelamos o no. Pues, me hablan como si fuera un incompetente—¡como si fuera mi culpa! ¡Qué bárbaros! Pues, ¿quién los trae aquí?

—¡Sí!, como estos malditos soldados —dijo el Primo, con un gesto de disgusto a un grupito de ellos en el rincón.

Ya estos tres soldados andaban bien "happy" y su plática se estaba poniendo un poco fea. Eran dos gringos y un mexicano, y uno de los gabachos, PFC Jake Taylor, un chamaco de Lamesa, Texas, estaba diciéndole al otro: —Hey, I wonder which of these wimen is poo-tahs.

Luego le dijo al mexicano: —Hey, that's how ya say it, ain't that right, MON-dragon?

Siempre pronunciaba el nombre de PFC Josué Mondragón así, como si fueran dos palabras, con el acento en la primera sílaba.

—POO-TAH —repitió, con todavía más énfasis, hasta que el pobre Josué, quien había hecho tantos esfuerzos para no enojarse esta noche, al fin estaba obligado.

—Just pipe down, will you Taylor? —le dijo.

fear etched on his face. There was a whole gang of men outside, drinking in their cars and, for all Taylor knew, that damned MON-dragon might have already told them about what had happened inside the bar. The more he thought about it, the more frightened he became until finally he called over his gringo buddy who they had also thrown out of the bar.

"Listen Buddy," Taylor told him, his voice trembling. "You gotta go back to the base and git me some help. They're gonna *kill* me here!"

At first the other gringo didn't believe him, but when he saw how terrified Taylor looked, well, he got scared too. He ran to his car and raced back to the radar installation while PFC Taylor crept back inside Lupe's Bar and Grill.

"Haciéndole vir, vir, vir . . . haciéndole vir, vir, var. Le dice el pato a la pata. . . . pata, vámonos a pasear," sang Julián and Vicente Serrano while the Primo showed a notice from the newspaper to Guadalupe.

"Notice of intention to confiscate trespassing stock," was the title of the notice signed by W.L. Graves, Superintendent of the Carson National Forest. The announcement gave notice that the Forest Service would confiscate any animal found inside their fences, and that the rancher would then have to pay "all the costs incurred for the announcement, round-up, corralling, and feeding or pasturing of said livestock."

"Fucking bastards!" the Primo said to Guadalupe. "I'd like to see those snot-nosed little shits try to corral one of my calves! I'd like to see them try!"

"No good! That girl is no good!" Beatriz swore to two of her compadres seated near the bar. "No, no good! Cry, cry all the time—no good!"

And the sheriff, deciding that everything had quieted down sufficiently in the bar, opened the door to leave at the same instant PFC Taylor reentered.

"I thought I told you to get on home, soldier."

But Sheriff Baca could see that this young man was really scared, and when PFC Taylor asked him for a ride back to the base, the sheriff said all right. He was going that direction anyway and, even though the sheriff personally disliked the little fool, he still respected the U.S. Army uniform he wore.

—Oh yeah? Look who's tellin' *me* to be *quiet!* Hey, ain't you one of these people too, MON-dragon? You're a Meskin too, ain't ya?
—I'm from El Paso.
—Ha!—a wetback! That's even worse! —y se rio con todavía más abandono—. Hey, MON-dragon, why don't ya jest go back to where ya come from?
—You're the one who's gonna fuckin' go back to where you come from, cabrón—and here's the free postage! —Y con eso, le dio un golpe en la boca. Desde donde estaba el Sheriff, se podía oír los dientes cuartear.

Bueno, pronto los separaron y les enseñaron la puerta, pero PFC Jake Taylor se quedó parado delante de la puerta con un miedo en la cara. Pues, había muchos hombres afuera, sentados en sus carros bebiendo—y quién sabe si aquel MON-dragon ya les había avisado de lo que había pasado adentro. Y entre más que se fijó en eso, más miedo le entraba hasta que pescó a su compañero gabacho, a quien también lo habían tirado pa'fuera.

—Listen, buddy —le dijo, con un temblor en la voz—. You gotta go back to the base and git me some help. They're gonna *kill* me here!

Y el otro, casi no lo creía, pero al ver el temor en la cara de Taylor, pues también se espantó. Corrió a su carro y echó carrera a la instalación de radar mientras que PFC Taylor se metió otra vez pa'dentro de Lupe's Bar and Grill.

—Haciéndole vir, vir, vir . . . haciéndole vir, vir, var. Le dice el pato a la pata . . . pata, vámonos a pasear —cantaron el Julián y el Vicente Serrano, mientras que el Primo le enseñaba una noticia del periódico al Guadalupe.

Aviso de Intención de Encerrar Ganado que Traspasa —era el título de la noticia firmada por W. L. Graves, Superintendente de la Floresta Carson. La noticia anunciaba que iban a encerrar cualquier animal hallado adentro de los cercos de la floresta, y que el ranchero tendría que pagar: —Por completo los gastos incurridos en el anuncio, recogimiento, encierro y alimentación o pasteo de dicho ganado.

—¡Qué tal cabrones! —dijo el Primo al Guadalupe—. ¡Yo quisiera ver a esos mocosos encerrar uno de mis becerros! ¡A ver cómo les va!

—Nada bien, ¡esa muchacha no es *nada* bien! —la Beatriz juró a

Meanwhile, the other soldier had arrived at the base and had reported immediately to the Officer of the Day. He told him that a group of local men were ready to kill PFC Taylor over at the bar and that they had to send somebody to help him.

The Officer of the Day figured that this was a decision for the captain, so he jumped in his jeep to drive the five miles to Captain Joseph "Pops" Williams' place. As he drove there, the group of men augmented in his imagination until, when he arrived, they had become a pack of 20 or 30 vigilantes.

This news was precisely what Pops Williams had been expecting. He *knew* these people were suspicious, he thought while he got dressed. Attacking a member of the United States Armed Forces! Why, that was insurrection—anarchy! Who could tell what these people might do! It might even all be part of a communist plot to take them prisoners and then destroy the radar installation. This very thing might be happening *right now* at all the radar bases in the area! So that they wouldn't be able to give any advanced warning about an attack from RUSSIA!

As soon as he arrived at the base, Pops Williams set off the emergency siren. He didn't explain anything to his sixty-two sleepy men who piled into the trucks and jeeps with their weapons in the middle of the night—there simply wasn't enough time. They left immediately, flying down the road in the direction of Lupe's Bar and Grill where they would not only snatch PFC Jake Taylor from the jaws of death, but also save the entire nation from a destiny far worse than death itself—a communistic existence!

The only problem was that PFC Jake Taylor himself was in the group of soldiers who were on their way to save PFC Jake Taylor. Sheriff Baca had brought him back to the base. And, at the same time that the Officer of the Day was advising Captain Pops Williams about the dire situation in Tierra Amarilla, PFC Taylor was crawling into his bed. When the alarm sounded and he got up to leave in the truck with the others, well, how in the hell was he supposed to know where they were going? Captain Williams hadn't explained the purpose of the mission. It was simply an emergency and they, as good soldiers, had been trained to respond in an emergency . . . and not to ask why.

Sheriff Baca had barely finished taking a piss near an abandoned

unos compadres sentados cerca de la barra—. No, ¡nada bien! Llori y llori, ¡nada bien!
Y el Sheriff, ya que parecía que todo estaba quieto en la cantina, abrió la puerta para irse en el mismo instante que PFC Taylor entró.
—I thought I told you to get on home, soldier.
Pero el Sheriff Baca podía ver que este muchacho andaba bien espantado y cuando PFC Taylor le pidió que le diera un "ride" pa'trás a la instalación, pues el Sheriff dijo que sí. Al cabo que de todos modos tenía que viajar en esa dirección, y aunque no quería tanto a este pendejito, pues sí usaba el uniforme del ejército de los Estados Unidos.
Mientras tanto, aquel otro soldado ya había llegado a la instalación y se dirigió directamente al oficial del día. Le platicó que un grupo de hombres locales estaban ya para matar al pobre PFC Taylor allá en la cantina y que tenían que mandar a alguien para ayudarle.
El oficial del día, pues figuró que ésta era una decisión para el capitán, y se subió en su Jeep para ir las cinco millas a la casita del Capitán Joseph Pops Williams. Y, en el viaje pa'llá, imaginaba que no era un grupito de hombres sino un atajo de veinte o treinta vigilantes.
Pues, estas nuevas eran exactamente las que Pops Williams había esperado. El *sabía* que esta gente era sospechosa, pensaba mientras que se vestía. ¡Atacando a un miembro de las fuerzas armadas de los Estados Unidos! Pues, eso era insurrección—¡anarquía! ¡Quién sabe qué haría esta gente! ¡Quién sabe si no era parte de un plan de los comunistas—tomarlos de prisioneros, y luego destruir la instalación! ¡Quién sabe si no estaban haciendo la mismita cosa— *ahora mismo*—en todas las instalaciones de radar del área! ¡Para que no dieran la amenaza de un ataque de bombas desde RUSIA!
Ya llegando a la instalación, Pops Williams prendió la bocina de emergencia. No les dijo nada a sus sesenta y dos hombres medio dormidos quienes se subían en las trocas y jeeps con sus armas en la medianoche—pues, ¡no hubo tiempo! De una vez salieron volando pa'l rumbo de Lupe's Bar and Grill para arrebatar al PFC Jake Taylor desde la encía de la muerte, y para salvar la nación de un destino todavía peor que la muerte—¡una vida comunista!

Nomás que PFC Jake Taylor también andaba con la compañía de soldados que iban corriendo a salvar a PFC Jake Taylor. Pues, el

truck with a broken axle at the side of the road when Captain Pops Williams and his troops went screaming by. Sheriff Baca, naturally, figured he had better follow them, though certainly not at that speed. After all, why should he hurry? Wherever they were going, he'd get there eventually too.

And when he did get to Lupe's Bar and Grill, Pops Williams already had it completely surrounded by troops with their weapons drawn. Who knows what might have happened if Sheriff Baca hadn't arrived at that moment—we'll never know. What did happen was that all the soldiers turned their rifles on the sheriff while he shouted: "¿Qué está pasando aquí? What the hell's goin' on here?"

Once Sheriff Baca convinced Captain Pops Williams that he wasn't a fanatic rebel—that he was the sheriff of this sonofabitching county!—he finally got an explanation of what was going on. Not that he could *believe* what Pops Williams was telling him—and Guadalupe, Beatriz, the Primo, and various other persons who had come out of the bar. A rebellion? A vigilante attack? Anarchists and *communists*? Here in Tierra Amarilla? It all might have been incredibly funny if it wouldn't have been for those sixty-two nervous soldiers with their sixty-two well-loaded rifles. The whole thing had been a farce, but an extremely dangerous one.

But now the soldiers had gotten back into their trucks and jeeps and had disappeared into the night, along with their mad commander. Captain Pops Williams, in fact, disappeared for good, and not even the Air Force officials knew where he had gone to. At least that was what they claimed in the "investigation" afterwards. The Primo had gone to the Río Arriba District Attorney's office and had demanded that he do something about the incident. The government couldn't treat the good citizens of Tierra Amarilla like that, as if they were foreign enemies. The D.A. responded by writing an indignant letter to the New Mexican Congressional delegation in Washington and, since it was an election year, the Air Force had been persuaded to investigate the incident.

But by the time they began the investigation, the whole thing—this "invasion" of Tierra Amarilla—seemed so strange and impossible that even the Primo could hardly believe it had ever happened. Also, Guadalupe and Beatriz were unable to testify about the event because they were far too occupied, during that time, with their son Gerald. Yes, the same Gerald who had been "lost" in Korea, except he wasn't actually lost. Gerald had not written his par-

Sheriff Baca lo había llevado a la instalación. Y, al mismo tiempo que el oficial del día le estaba avisando al Capitán Pops Williams de la situación mortal en Tierra Amarilla, PFC Taylor estaba acostándose en su camita. Cuando se levantó con el alarma y se fue con los otros en la troca, pues ¿cómo diablos iba a saber para dónde iban y para qué? El Capitán Williams no les había explicado nada. Era una emergencia nomás y ellos, como todos los buenos soldados, estaban entrenados a responder en una emergencia . . . y no preguntar por qué.

El Sheriff Baca apenas había acabado de mearse cerca de una troca abandonada al lado del camino con el eje quebrado, cuando el Capitán Pops Williams y sus tropas pasaron matándose. Pues, el Sheriff Baca, naturalmente, se interesó y decidió seguirlos, aunque no a aquella velocidad. Pues, ¿pa' qué? Al cabo que él llegaría.

Y cuando llegó, ya Pops Williams tenía Lupe's Bar and Grill completamente rodeado de tropas con las armas apuntadas. Quién sabe qué hubiera pasado si el Sheriff Baca no hubiera llegado en ese momento—nunca sabremos. Pero lo que sí pasó fue que todos dirigieron sus rifles al Sheriff, mientras que él gritaba: —¿Qué está pasando aquí? What the hell's goin' on here?

Y ya para cuando el Sheriff Baca convenció al Capitán Pops Williams de que no era un rebelde fanático—¡que era el Sheriff de este sanamabitche condado!—al fin recibió una explicación de lo que estaba pasando. Aunque no podía *creer* lo que Pops Williams le decía a él—y también al Guadalupe, la Beatriz, el Primo y varias otras personas que habían salido de la cantina. ¿Una rebelión? ¿Un ataque de vigilantes—anarquistas? ¿De *comunistas*? ¿Aquí en *Tierra Amarilla*? Les hubiera dado una risa tremenda si no hubiera sido por estos sesenta y dos soldados nerviosos con sus sesenta y dos armas bien cargadas. Pues, había sido una tontería sí, pero una tontería demasiado peligrosa.

Pero ya los soldados se habían subido otra vez en las trocas y jeeps y se habían desaparecido en la noche—junto con su comandante loco. Y claro que el Capitán Pops Williams se desapareció por completo, porque ni los oficiales de la Fuerza Aérea supieron dónde estaba. Pues, así dijeron en la "investigación" que hicieron después. El Primo había ido a la oficina del District Attorney de Río Arriba y había exigido que él hiciera algo. El gobierno no podía tratar a los buenos ciudadanos de Tierra Amarilla así, como si fueran "enemi-

ents because he was afraid to, or perhaps he had wanted to give them a surprise. For that was exactly what he had given them—the shock of their lives!—when he had appeared at the door of Lupe's Bar and Grill with his new wife at his side. She was a Korean, and she carried a baby in her arms.

So it wasn't a good time for the Moor and the Busybody to be testifying at any investigation. Anyway, Pops Williams had already vanished, like so many others during the paranoid epoch of the 1950's.

The Air Force officials closed the case after a couple of days of "investigation," burying the documentation they had gathered in a filing cabinet in some anonymous government office. Of course, nothing ever came out about the invasion in the *New Mexican*, or in any other newspaper, for that matter. Even the Primo, in time, quit talking about the incident. Nobody would believe him anyway. Everybody figured he had finally gone nuts with anger, or that it was just the whiskey talking.

Or, perhaps, communists.

gos" de un país extranjero. El D.A. había escrito una carta indigna a los senadores nuevomexicanos en Washington y, como era un año de elecciones, claro que la Fuerza Aérea había decidido investigar el incidente.

Pero ya para el tiempo que empezaron la investigación, todo aquel suceso de la "invasión" de Tierra Amarilla parecía tan extraño e imposible que casi ni el Primo podía creer que había pasado. Luego, el Guadalupe y la Beatriz no habían podido testificar acerca de lo que había sucedido aquella noche, porque para ese tiempo estaban bien preocupados con su hijo Gerald. Sí, el mismo Gerald que andaba "perdido" en Corea, nomás que no se había perdido. No, el Gerald no les había escrito a sus padres del puro miedo, o tal vez les había querido dar una sorpresa. Porque sí les había sorprendido—¡un susto de la mera muerte!—cuando se había aparecido en la puerta de Lupe's Bar and Grill con su nueva esposa a su lado. Era una coreana y llevaba a un niñito en los brazos.

De modo que no era tiempo apropiado para que el Moro y la Mitotera testificaran—y al cabo que Pops Williams se había desaparecido, igual que tanta gente de aquella época paranoica de los años cincuenta.

Los oficiales de la Fuerza Aérea cerraron el caso después de dos días de "investigación" y enterraron los documentos que habían juntado en un gabinete atrancado de alguna oficina anónima del gobierno. Cierto que nunca salió nada tocante de la "invasión" en el *Nuevo Mexicano*, ni en ningún otro periódico—y hasta el Primo, con el tiempo, dejó de hablar de ella. Pues, nadien lo quiso creer, sabes. Todos pensaron que su coraje al fin había acabado con su sentido—o que era nomás el "juisque" hablando.

O, tal vez, los comunistas.

Show Starts in Ten Minutes

"Show starts in ten minutes," declared the ridiculous monkey on the screen at the Starlighter Drive-in.

"I've only got ten minutes left," thought Rudy Lorenzo Sandoval, gazing at the delicious body at his side. The body belonged to Virginia López, his neighbor in San Buenaventura and the object of his desire for longer than he could remember. She had finally gone with him to the San Gabriel drive-in, now that he had his own car. Rudy had worked hard to buy and fix up his classic automobile, a '57 Chevy. And he had worked nearly as hard with this chick too—all the way through the first movie, and he still hadn't even reached first base.

Of course, it had been a pretty good picture—Cheech and Chong, you know. But Rudy hadn't parked in the last row of the drive-in just to watch the show. Still, even he had enjoyed watching the crazy antics of the stoned-out pair. He had particularly liked that joke about the lowriders. Why do they always have such tiny steering wheels in their lowdown cars? Well, so they can drive with handcuffs on!

Rudy had enjoyed that joke because he himself had one of those little steering wheels that looked like they were made out of a loop of chain and, of course, he had removed the shocks from his '57 so it would sink down like a genuine lowride. Yet, at the same time, it wasn't exactly a joke. Rudy, like so many of his buddies from San Buen, had had, well, his problems with the law. He swore that it wasn't his fault, that he just wanted to have a little fun—you know, throw a little party. But those fucking cops were always giving him a hassle, pulling him over to check for liquor and dope, harrassing him every chance they got.

But this last time, when they took him to jail for driving under the

Show Starts in Ten Minutes

—"Show starts in ten minutes" —declaró el mono pendejo en la pantalla del Starlighter Drive-in.

—Nomás diez minutos tengo —reflejó el Rudy Lorenzo Sandoval, mirando el cuerpo delicioso a su lado. El cuerpo era de Virginia López, su vecina de San Buenaventura y el objeto de sus deseos por quién sabe cuánto tiempo. Al fin ella había ido con él al cine de automóvil en San Gabriel, ahora que él tenía su propio carro. El Rudy había trabaja'o muy duro para comprar y componer su carro clásico—un Chevy, del cincuenta y siete. Y había trabaja'o casi igual de duro con esta chavala—pos, por toda la primera película y todavía no había alcanza'o a la primera base.

Bueno, sí era una película bastante divertida—"Cheech and Chong", sabes. Pero el Rudy no había parquea'o en la última línea del cine nomás para cuidar los monos. Todavía, hasta a él le habían dado ganas de ver las travesuras de los cuates engrifa'os. Especialmente le había gusta'o aquel chiste de los "lowriders", sabes. ¿Por qué siempre usan la rienda tan chiquita los "lowriders" en sus carros bajitos? Pos, ¡pa' poder arrear con las manillas puestas!

Ese chiste sí le había cuadra'o al Rudy—pos, él mesmo tenía una de esas rueditas que parecía un lazo hecho de cadena, y claro que había quita'o los "choques" para que su cincuenta y siete se acostara como un verdadero "lowride". Pero, al mesmo tiempo, casi no era ni chiste. El Rudy, como tantos de sus cuates de San Buen, había tenido sus "problemas" con la ley. El siempre decía que no tenía ninguna culpa, que nomás quería divertirse un poco—"tirar party", tú sabes cómo. Pero que esos chotas chinga'os todo el tiempo le daban carrilla, parándolo a chequiar por licor y mota, molestándolo cada chancita que les daba.

Pero esta última vez, cuando lo llevaron a la carcel por manejar

influence of alcohol, well, that had been the last straw for Rudy. Those fuckers had no right to hit him. Sure, Rudy had called them some pretty choice names, but that didn't mean they had to mop up the floor with his face. Still, Rudy had gotten his revenge. It had only been two weeks since he and his older brother had ripped off a police car. The cops had been inside Primo Ferminio's Restaurant—you know the Primo, the county political boss—and the idiots had gone and left the keys in the car. So, while the stupid pigs had killed time drinking coffee and chewing down Primo Ferminio's hard sweet rolls, Rudy and his bro had split in the car. They dumped it in an arroyo out in San Buenaventura and burned it, but the fools still hadn't even found the car. They suspected Rudy all right, but they didn't have any proof.

Actually, that whole scam had been his brother's idea. Rudy wasn't all that brave on his own, but when he got together with Chencho—watch out! That Chencho was one crazy dude, man. He took bullshit from nobody. If you so much as crossed him, for whatever reason, you could damn well bet he would pay you back. Like that gringo from La Puebla who tried to burn Chencho with that dope. It was "sin-semilla," the guy had told Chencho, and the jerk must not have even known what the word meant for he had sold Rudy's brother a lid with enough seeds in it to plant the entire pueblo of Cuarteles. And he had charged him 150 bucks, too. 150! But Chencho had gotten more than $150 worth of fun out of what he did to that gringo hippie. He had ripped off his car too—it was a black Trans-Am. Then, since Chencho had torches and welding equipment, he had gone and cut the rear half off the car. In its place, he welded on an old truck bed from a piece of junk he had in his yard. And you know, that gringo never did anything about it either because he was afraid of Chencho. And he respected him too, man. That's the way it was in San Buenaventura—and anywhere else Rudy and his brother went. Everybody respected them.

"Show starts in nine minutes," clucked a mother hen to her nine chicks on the screen, and now Virginia was talking about school. Barely nine minutes left to approach the gates of heaven, and this female at Rudy's side was jabbering about graduation and how she was really going to miss the seniors and she'd be so sad when she couldn't see all of her girlfriends anymore.

"You know you shouldn't have dropped out," she was telling Rudy. "You only had half a year left."

bajo la influencia de alcohol, pos, ahí se le colmaron al Rudy. Esos cabrones no tenían la necesidá de pegarle. Verdá que el Rudy había lanza'o unos reniegos selectos, pero eso no era pa' que hubieran limpia'o el suelo con su cara. Pero el Rudy había agarra'o su venganza, sabes. Pos, hace nomás dos semanas, él y su hermano mayor se habían roba'o un carro de la policía. Los chotas habían esta'o dentro del restaurante del Primo Ferminio—el patrón político del conda'o, sabes—y los pendejos habían deja'o las llaves puestas en el carro. Pos, mientras que las panzas peladas la habían pasa'o tomando un cafecito y tragando el pan dulce y duro del Primo Ferminio, el Rudy y su "bro" se habían pinta'o en el carro. Lo dompearon allí en un arroyo de San Buenaventura y lo quemaron, y los sonsos todavía ni habían jalla'o el carro. Sí, sospecharon al Rudy, pero no tenían ninguna prueba.

Bueno, en realidá, toda esa movida había sido la idea de su carnal. El Rudy no tenía tanto valor cuando andaba solo, pero nomás se juntaba con el Chencho, y sí le daba vuelo. Pero ¡qué vato tan loco el Chencho! Pos, ése no "monquiaba" con la gente, sabes. Si lo cruzabas, por cualquier razón, bien podías apostar que él te las iba a pagar. Como aquel gabachito de la Puebla que lo quiso quemar con esa mota. Era "sin-semilla", le había dicho al Chencho, y quizás el tontito ni sabía qué quería decir eso, porque le había vendido un saquito con suficientes semillas pa' sembrar todo el pueblo de Cuarteles. Y ciento cincuenta pesos le había cobra'o también. ¡Ciento cincuenta! Pero el Chencho sacó más que el valor de ciento cincuenta pesos con el "fonazo" que había tenido con ese gringo "hippie". Pos, le había jamba'o su carro también—un Trans-Am negro, sabes. Luego, como el Chencho tenía las torchas y toda la maquinaria de "welding", pos fue y cortó la mitá de atrás del carro. Y, en su lugar, soldó un cajón viejo de una troca que tenía tirada por ahí. Y sabes que aquel gabachito no le hizo nada, porque le tenía tanto miedo. Y respeto, cuate. Asina era en San Buenaventura—y por 'onde quiera que anduvieran el Rudy y su carnal. Todos los respetaban.

—"Show starts in nine minutes" —dijo una gallina culeca a sus nueve pollitos allí en la pantalla, y ahora la Virginia estaba platicando de la escuela. Apenas nueve minutos pa' arrimarse a las puertas del cielo, y aquí andaba su compañera hablando de la graduación y cómo iba a echar de menos a los "seniors" y qué triste se iba a poner cuando ya no iba a poder ver a sus amiguitas.

But there was no way he could stay in that school where the teachers refused to give him any respect. They had never taught him nothing, not even in grade school, and now they'd get mad at him because he didn't even know how to read. Well, whose damn fault was that, anyway? Those fat, ugly teachers had never liked him. Then, with the old man drunk on his ass all the time at the house, how the hell was Rudy going to learn shit? And now, well, he wasn't a little kid anymore, but that was exactly what those queers who called themselves teachers couldn't seem to understand. They wanted to order him around all the time like some kind of little baby, and then that stupid principal—well, he was the biggest fucker of them all.

No, Rudy didn't want to waste no more time with all that jive. He was already a man, and so he figured the time had come to break out of that pen and get himself a job. Anyway, he didn't need that damned diploma everybody was so excited about. He was just going to end up working anyway at Ace Auto, the same store his uncle owned and where Rudy had already worked for three years now. The only difference was that now he could work a full day. That was why he had been able to save enough bread to fix up his '57 just the way he wanted it. And it had come out cool, man, with headers, mag wheels, and diamond-tuck upholstery. Rudy had even put in hydraulics to make the car jump up and down while the traffic lights changed. He had painted it five times and now, at last, he could feel proud of his fine, expensive paint job. It had cost him $500 but it was a dream color, midnight blue with gold flecks. It was the pride of his life, and Rudy knew very well that pride was one thing those asses at the high school didn't even know. No, Rudy had been smart to get out of that place, although now he couldn't look at such beautiful "creations of God" as this Virginia at his side.

But she was looking at the screen where a pair a tigers were now leaping through two rings of fire, one on top of the other, in the figure of an eight. "Show starts in eight minutes," said that stupid voice and Rudy, well, he freaked out. Only eight more minutes! He'd better get his ass in gear. After all, the second flick was going to be Cheech and Chong too and, though Rudy could think of a few other things he'd rather look at, there was no telling about Virginia. She had laughed like crazy during the first picture, but Rudy wished he could make her feel that happy himself. The only problem was that there wasn't much space here in the front. But the back seat . . . ah!

—Sabes que tú no debites de haber "cuitia'o" —le estaba diciendo—. Ya no te faltaba más que medio año.

Pero él había esta'o obliga'o a salir de la escuela—pos no agarraba ningún respeto de los maestros. No le habían enseña'o nada, desde la escuela primaria, sabes, y ahora, pos se enojaban con él cuando no sabía ni leer. ¿Quién tenía la culpa de eso? Aquellas maestras gordas y fieras, pos nunca lo habían querido. Luego, con el jefe bien pistia'o todo el tiempo en la casa, ¿cómo demontres iba a aprender "shite"? Pero ahora, pos no era un chavalito, y eso era lo que esos jotos de maestros quizás no podían entender. Lo querían mandar pa'rriba y pa'bajo como si fuera cualquier niñito, y luego ese sonso del principal, pos ése era un cabrón bien hecho.

No, ya no había querido gastar más tiempo con aquellos juegos tan pendejos. Pos, ya el Rudy era hombre y valía más huirse de esa "pinta" pa' pescar un jalecito. Al cabo que él no iba a ganar nada con esa diploma que tanto les encantaba a todos. Siempre iba a trabajar en Ace Auto, la mesma tiendita de su tío 'onde ya había traba'o por tres años. La única diferencia era que ahora podía trabajar un día completo. Y asina, pos, había podido juntar más "bicoque", sabes— pa' componer su cincuenta y siete como a él le cuadraba. Y sí, lo había compuesto pero suave, cuate—con "headers", "mag wheels", "diamond-tuck upholstery" y hasta "hydraulics" pa' hacerlo subir y bajar mientras se cambiaban las luces. Lo había pinta'o cinco veces y 'hora, al último, pos se había queda'o bien "proud" de su "paint job" tan fino y costoso. Quinientos pesos le había costa'o, pero era un color como de los meros sueños—"midnight blue" con "gold flex", sabes. Era el orgullo de su vida, y bien sabía el Rudy que el orgullo era una cosa que ni la conocían aquellos burros allá en el jáiskul. No, él había hecho muy bien en salirse de ese lugar, nomás que ya no podía mirar a tantas "criaturas de Dios" como a esta Virginia a su lado.

Pero ella estaba mirando la pantalla 'hora 'onde dos tigres brincaban por unos anillos de lumbre, uno sobre el otro, en la figura de un ocho. —"Show starts in eight minutes" —dijo aquella voz tan estúpida, y el Rudy, pos se "friquió". ¡Ocho minutos nomás! Ya iba a tener que entrarle a lo apura'o. Pos, la segunda película también iba a ser de "Cheech and Chong", y aunque el Rudy podía pensar en otras cosas pa' mirar, quién sabía de la Virginia. Ella se había reído como una loca con la primera película, pero al Rudy le daban ganas de ver si él no la podía contentar tanto así. Nomás que no había muncho

That was as fine and comfortable as a couch. It was more than the right place. It was paradise. But Virginia was one of those "nice girls." How could he get her back there? There was the question. Certainly Rudy had never been much good at sweet-talking chicks. So he simply came right out and asked her: "Virginia, wouldn't you maybe like to sit in the back seat?"

"Back seat?" she replied. "How are we supposed to see the show from back there?"

"Uh-hum," murmured Rudy between his teeth. Just what he had expected. Who the hell went to the drive-in to watch the show, he thought, silently reflecting on better times. Yes, he remembered the good old days when he and his crazy gang would sneak into the Starlighter without paying, sometimes by hiding in the trunks of cars and other times simply by cutting the wire fence behind the screen. Of course, they always brought along plenty of beer and they'd walk up and down the rows of cars raising hell and smashing their empties on the restroom wall. Often, they'd spy into the windows of the cars parked in the famous last row where the couples got down to serious business. Once in a while, they'd catch one of those couples really coupled up—right in the act, you know. One night they had even spotted one of the high school teachers with his female partner in an especially "delicate" position.

Yes, those were great times, until that night those Alcalde guys murdered his buddy Vicente. Fucking sons of bitches! They didn't even have the balls to fight him face to face. A shot in the back—a fucking shot in the back! Right there in the goddamned ticket line. They came up from behind and shot him right from their car. The fuckers were over at the Correctional School in Springer now, but someday they'd get out and then. . . .

But now, well, now a giraffe with his neck shaped like a seven was declaring: "Show starts in seven minutes." Now for sure he was going to have to start making his move. Seven minutes wasn't much time, but it still was enough. His hand had been resting on Virginia's shoulder for some time now—in fact, it was already pretty sweaty. So he simply lowered it to that mound of beauty that was Virginia's right breast. But in spite of being such a "good" girl, Virginia seemed to have experience in these matters, for she immediately turned to her left, thereby freeing herself from Rudy's grasp even as she appeared to draw nearer to him.

campo aquí adelante. Pero el asiento de atrás . . . ¡ah! Ese sí era un
verdadero sofá—un lugar suave y cómodo. El lugar propio—
paraíso, sabes. Pero la Virginia, pos era una de esas "muchachas
buenas". ¿Cómo meterla allí atrás?—ésa era la pregunta. Claro que
el Rudy nunca había servido pa' mentir ni pa' engañar a las chicas
con las palabras. De modo que preguntó directamente: —Oye,
Virginia, ¿no quieres sentarte allí en el asiento de atrás?
—¿De atrás? —le respondió—. ¿Cómo vamos a ver la película
de allí?
—Um-jum —dijo el Rudy entre los dientes. Exactamente lo que
él había espera'o. Pero, ¿quién diablos iba a un "drive-in" para ver la
película?—pensó, y luego se puso a recordar mejores tiempos. Sí,
los "good old days" cuando él y su gavillita de locos se colaban pa'
dentro del Starlighter sin pagar—algunas veces escondidos en las
petaquillas de carros y otras veces nomás cortando el cerco de alambre detrás de la pantalla. Cierto que siempre tenían suficiente birria y
iban andando por las líneas de carros haciendo barullo y quebrando
las botellas vacías en las paderes del común. Munchas veces andaban asomándose pa' las ventanas de los carros parquea'os en la
línea famosa de atrás 'onde las parejas se mantenían con su negocio
serio. Y de vez en cuando sí pescaban a algunos parejas bien
parea'os—metidos en el *mero* negocio, sabes. Una noche, hasta un
maestro del jáiskul lo habían "spotea'o" con su consorte en una
posición bastante "delicada".
Sí, esos fueron buenos tiempos—hasta aquella noche cuando
esos Alcadeños mataron a su cuate el Vicente. ¡Jodidos sanavabi-
ches!—ni los huevos habían tenido pa' pelear cara a cara con él. Un
balazo en el espinazo—¡en el chinga'o espinazo! Allí en la mera línea
de tíquetes, sabes. Venían detrás de él, y allí del mero carro le habían
tira'o. Bueno, ahora los cabrones estaban allá en la Correccional en
Springer, pero algún día iban a salir y entonces. . . .
Pero ahora, pos, ya una jirafa con la nuca formada en un siete
estaba diciendo: —"Show starts in seven minutes". Pos, ya iba a estar obliga'o a empezar su movida. Siete minutos no era ni tanto tiempo, pero todavía suficiente, sabes. Bueno, su mano había esta'o en
el hombro de la Virginia hace un buen rato—hasta bien sudada estaba ya. Y ahora, pos, la bajó al montón de hermosura que era el seno
derecho de la Virginia. Pero la Virginia, por ser una muchacha tan
"buena", tenía experiencia en estas situaciones, quizás, porque de

"Are you going to go the Fiesta de Santiago this weekend?" she asked him.

Screw the fucking fiestas! was what Rudy wanted to scream, but he contented himself with a more docile reply. "Not on Saturday. I've gotta work. Maybe I'll go Sunday. Could I see you then?"

"Maybe," she answered, "but not until after the Moors and Christians."

The "Moors and Christians" was the highlight of the Fiesta de Santiago, and with good reason too. It was an ancient play which the ancestors of the people of San Buenaventura had brought all the way from Spain centuries ago. It was based on actual historical events, telling the story of when the Moors controlled the country and the Christians battled to expel them. The entire story was presented by actors on horseback, all of them men from the neighboring communities around San Buenaventura. It was a very impressive presentation, but Rudy knew Virginia had her own personal reasons for watching it. Her father, after all, was one of the original residents who had worked to revive the tradition which had been lost for so many years. And Rudy knew that Virginia's father always played the role of the leader of the Moors, the slick-tongued villain who at first tricks the Christians by getting the faithful guards drunk. He certainly was the right man for the part because he was nearly a giant—a huge man, dark and ugly. But what a shame the family wasn't really Moorish and not so goddamned Catholic, Rudy thought, as he continued to look at and admire the magnificent body of this chick with the locked knees.

And he placed his hand on one of those knees, on the inside, of course, because if he started right, well the road would be uphill all the way. Rudy could only imagine what treasures he might find at the crossroads of that beautiful road. But he didn't find anything at all, not now at any rate, for just as soon as he began to inch his hand upward, Virginia asked him to go get her a Coke.

"Don't you wanna beer?" he asked her, gesturing to the six-packs of Millers on the floor with the same hand that had so recently entertained such high hopes.

"Show starts in six minutes," said a sow to the piglets hanging onto its tits.

"I don't like beer," Virginia said, laughing at the grotesque scene on the screen.

I know, thought Rudy, and that's a large part of the problem too.

una vez volteó a la izquierda, desenredándose del Rudy mientras que parecía que se le arrimaba.

—¿Vás a ir a la Fiesta de Santiago este fin de semana? —le preguntó.

¡Ah, que se chinguen las fiestas!—quería gritar el Rudy, pero se contentó con una respuesta más dócil. —El sábado no. Tengo que trabajar. Pueda que el domingo vaya. ¿Te puedo ver entonces?

—Tal vez sí —contestó—, pero no hasta después de los Moros y Cristianos.

Los Moros y Cristianos era el evento más importante de la Fiesta de Santiago, y con bastante razón. Pos, era un drama muy anciano que los antepasados de la gente de San Buenaventura había traído con ellos desde España siglos atrás. Trataba la historia de España, sabes—de cuando los Moros todavía ocupaban el país y los Cristianos luchaban para correrlos. Toda la historia estaba presentada por actores—hombres de los pueblitos alrededor de San Buenaventura— monta'os a caballo. Era una presentación muy impresionante de ver, pero el Rudy sabía que la Virginia tenía todavía otra razón pa' mirarla. Pos, su papá era uno de los primeros residentes que había hecho el esfuerzo de revivir esta costumbre que por tantos años se había perdido. El Rudy sabía que el papá de la Virginia siempre tomaba el papel del líder de los Moros, la "lengua aceitosa" que al principio engaña a los Cristianos, emborrachando a los guardias fieles. Y él sí era el hombre apropiado para el papel porque era casi un gigante— grande, moreno y feo. Pero ¡qué lástima que la familia no eran Moros de verdá y no tan católicos!—pensó el Rudy mientras que se quedaba mirando y admirando el cuerpo magnífico de esta chavala de las rodillas amarradas.

Y puso la mano sobre una de esas rodillas, en el lado de adentro naturalmente, porque ya comenzando bien, pos el camino era pura cuesta arriba, sabes. Y quién sabe qué tesoros jallaría en la encrucijada de ese camino tan lindo. Pero claro que no jalló nada, no por lo pronto, porque cuando empezó a mover la mano hacia arriba, la Virginia lo despachó por una coke.

—¿Que no quieres una cerveza? —le preguntó, apuntando a los dos cartones de Millers en el suelo con la mesma mano que 'horita había tenido tantas esperanzas.

—"Show starts in six minutes" —dijo una marrana a los seis marranitos bien prendidos de sus chiches.

How was he even supposed to have a chance if she stayed so up-tight? All night long he had tried to get her to loosen up a little. But it had all been to no avail because she didn't like to smoke either. And Rudy had already toked enough joints to completely fry his brains, all in the hopes that she might get just a little "happy" by breathing in the smoked-filled air.

Yet, there was no way that Rudy could appear cheap, so he finally got out of the car and headed to the concession stand to buy Virginia a Coke. But in his hurry—shit, there was only six minutes left!—he hit the post of the speaker with the car door. And, of course, he scratched the beautiful and expensive paint job.

He went walking off, cursing the post, the Coca Cola Company, the five skunks that sang "Shows starts in five minutes," the long line at the concession stand, and himself for having brought a "nice girl" to the show. From now on, Rudy was going to stick with his own gang. Who the hell had him here with this little saintly virgin any-how? This dating business was the shits. It was a hell of a lot better to cruise around with the gang, and if you were lucky enough to make it with one of the chicks, well that was cool. And if not, well, that was no sweat either, man. To the tell the truth, Rudy didn't really know why he was here with Virginia. He couldn't understand it. What he did know was that she seemed to have something none of the other chicks had. Who knew what the hell it was? Maybe it was just that they had grown up together. But whatever it was, Virginia was something special, and Rudy might even have sworn that she was the woman he could end up marrying. Not that he planned on get-ting married—he wasn't that stupid, man!—yet still. . . . But if every-thing went well tonight, he certainly couldn't marry Virginia because Rudy's wife would have to be a virgin. No doubt about that!

Ah, but how these virgins could make you wait! And waiting was exactly what Rudy was doing when four ducks dressed in shorts ap-peared on the screen kicking in a chorus line. Rudy was still in a line too, the one at the concession stand, and that fucking Jerry up in the line ahead of him wouldn't even buy his Coke for him.

"Buy your own fuckin' Coke," he told Rudy, in spite of the pres-ence of a man and his family who were lined up between them.

"Daddy, he said the F-word," said one of the kids while Rudy thought about his own old man and how he'd kill that son of a bitch if he could see him now—just for all the pain he had put Rudy and his mother through. But then, even his father would have to wait in line

—No me gusta la cerveza —dijo la Virginia, riéndose del retrato tan grotesco en la pantalla.

Yo sé—pensó el Rudy—y es una gran parte del problema también. Pos, ¿cómo le iba a dar una chancita si ella se quedaba tan "taite"? Durante toda la noche había hecho el esfuerzo de meterle en el pedo tan siquiera un poquito. Pero no le había valido nada porque tampoco no le gustaba fumar. Y el Rudy, pos ya había fuma'o suficientes leños para acabalar de quemarse la mente con la esperanza de que ella se pusiera "happy" nomás por resollar las nubes de humo.

Bueno, pero de todos modos, el Rudy no podía aparecer "chipe", sabes, y al fin salió del carro pa' comprarle una soda en la casita de concesión. Nomás que en su apuro—¡pos, ya no quedaban ni seis minutos!—le pegó al poste de "espiquer" con la puerta de su carro. Y claro que se raspó la tinta tan perfecta y preciosa.

Se fue caminando, maldiciendo el poste, la compañía de Coke, los cinco zorrillos que cantaban, "Show starts in five minutes", la línea larga en la casita de concesión y a sí mesmo por haber traído una "muchacha buena" al "show". Ya de 'hora en delante, pos el Rudy iba a quedarse con su propia gavilla. ¿Quién diablos le traiba aquí con esta santucha? Era un puro mugrero este negocio de los "deites", sabes. Era muncho mejor ir junto con toda la gavillita, y si te tocaba hacerla con una de las chamacas, pos era murre suave, y si no, pos tampoco no había ninguna necesidá para sudar—"no sweat", sabes. Y pa' decir la mera verdá, el Rudy ni sabía por qué andaba con la Virginia. No lo entendía. Pero sí comprendía que ella tenía alguna cosa que no la poseían todas las demás. ¿Quién sabe qué sería? Pueda que era que siempre habían sido vecinos, desde chiquitos. Pero sea lo que sea, la Virginia era algo especial, y el Rudy casi hubiera jura'o que ella era la mujer con quien él pudiera casarse. No era que se iba a casar—¡ni pendejo, cuate!—pero, siempre. . . . Bueno, pero si le iba bien esta noche, pos, claro él nunca podría casarse con la Virginia, porque su esposa iba a ser una virgen—¡eso sí!

Ay, pero ¡cómo te hacían esperar estas vírgenes! Y esperando estaba cuando cuatro patas vestidas en "chortes" aparecieron en la pantalla pateando en una línea de coro. El Rudy todavía estaba en una línea también, la de las sodas y comidas—y ese jodido del Jerry allí en la línea muy adelante no le quería comprar una coke para él.

—"Buy your own fuckin' coke!" —le dijo al Rudy, a pesar de la presencia de un hombre con su familia entre medio de ellos.

because first Rudy was going to murder that damned Jerry, that fucking asshole who Rudy thought was his good buddy.

Actually, though, it looked like he wasn't going to kill anything but time, for now three of those little wiener dogs—those dachshunds, you know—were running all over the screen, being chased by a trio of buns. Rudy gazed down at the Coke and hot dog in his own hands and reflected on how the bun was one hell of a lot bigger than it looked in the picture, or perhaps it was just that the hot dog had shrunk. Well, he couldn't worry about what shape the wienie was in. Three minutes were three minutes, so Rudy opened the door of the concession stand in haste and nearly knocked over another one of his pals who was just entering. Actually, it was a number of "bros" from over in Las Trampas, and they immediately invited Rudy to go toke up with them behind the restroom. It was good dope, they told him—homegrown, good shit, Las Trampas Super-Special, and on and on. Then they told Rudy about the fight that was going to take place later that night at the park by the lake. It'll be guys from Santa and us—to see who can kick more ass.

It pained Rudy to turn down a toke, and he sure hated to miss good blows, but now there were two kangaroos up on the screen, boxing and exclaiming: "Show starts in two minutes!" So he said goodbye to his bros and actually ran back to the car. He got there fast too, but it took him a while to open the door because this time he did so with plenty of care. Then he had to hand the soda over to Virginia which he also did with the greatest caution for that damned diamond-tuck is expensive as hell. When he was finally ready to get into the car, he knocked the speaker down with his elbow and, as he leaned over to retrieve it, banged his foreheard on the car door.

And now an enormous bear was on the screen with his arms loaded down with every variety of refreshment—chocolate candy, cokes, popcorn, hamburgers. "Show starts in one minute," he said. Well, it was now or never.

"You know, I like you a lot," Rudy said to Virginia.

"I like you too," answered Virginia, gulping down a huge swallow of Coke as her eyes remained glued on the image of the bear.

"No, really—I like you."

"I like you too," she repeated, chomping like a mare on a chunk of ice.

Now, without a doubt, there were only a few seconds left till

—"Daddy, he said the F-word" —dijo uno de los muchachos mientras que el Rudy pensó en su propio papá, y cómo lo mataría si lo viera ahora, por todo el sufrimiento que le había causado a su mamá y a él mesmo. Bueno, pero su papá también tendría que esperar en línea porque primero el Rudy iba a matar a aquel Jerry— ese pinche que el Rudy pensaba era su buen cuate.

Pero 'hora parecía que no iba a matar más que al puro tiempo porque ya tres d'esos perritos largos—esos "dachshunds", sabes— corrían por toda la pantalla perseguidos por tres galletitas de pan. Y el Rudy contempló la coke y el "hot dog" en sus manos y se fijó de como el pan era muncho más grande que en el retrato, o el chorizo quizás se había encogido. Bueno, no importaba tanto la condición del chorizo. Tres minutos eran tres minutos, y el Rudy salió por la puerta de la casita otra vez apura'o, y escapó de tirar a otro cuate de él que andaba entrando. Bueno, eran varios carnales de allá de las Trampas, y de una vez invitaron al Rudy a echar un buen "toque" allí detrás del común. Era muy buena mota, le dijeron—"homegrown", "good shit", "las Trampas Super-Special" y por ahí. Luego le platicaron de los jodazos que iba a haber esta noche allí en el parque junto a la laguna. Serán los de Santa y nojotros—a ver quiénes son más jodones.

Bueno, claro que le dolió al Rudy negar el "toque" y tampoco no le gustaba "mistear" los buenos chingazos, pero ahora había dos canguros en la pantalla boxeando y exclamando: —"Show starts in two minutes!" De modo que se despidió de sus "bros" y hasta corrió al carro. Y llegó allí pronto, pero se embromó abriendo la puerta del carro—esta vez sí lo hizo con bastante cuida'o. Luego tuvo que darle la soda a la Virginia, también con muncha precaución porque ese "diamond-tuck" sí es costoso. Y para subir en el carro, pos tiró el "espiquer" con el codo, y cuando se agachó pa' agarrarlo, se dio un buen golpe en la frente con la puerta del carro.

Y ahora había un oso, enorme y gordo, en la pantalla con los brazos llenos de todas clases de refrescos—dulces de chocolate, sodas, popcorn, hamborguesas—diciendo: —"Show starts in one minute". Bueno, ya no iba a tener otra chanza.

—Sabes que te quiero muncho —el Rudy le dijo a la Virginia.

—Te quiero también —contestó la Virginia, tomando un trago goloso de coke, con los ojos todavía fija'os en el oso.

—No, pero sí de deveras, te quiero.

showtime, and Rudy wanted to tell Virginia—I want to take off all your clothes and kiss every square inch of your body.

But all he said was, "Can I kiss you?"

Virginia considered his question in silence for a moment and then smiled. Poor Rudy got so excited that he turned into a bit of a bear himself. He grabbed Virginia so passionately that he startled her and knocked the Coke right out of her hands.

At least it didn't hurt the car too much, or the seat either, with its diamond-tuck upholstery, for almost all of the ice-cold liquid spilled on Rudy's pants, or, to be more exact, on his balls. And, at the same instant, an electric voice declared: "And now . . . ON WITH THE SHOW!"

"Oh, I'm sorry!" cried Virginia as she cleaned Rudy with a Kleenex she took out of her purse—and that, without a doubt, was the high moment of the evening for him. He reflected about how he would still have the chance to park with her in some arroyo after the show. Yet, you couldn't make many plans with such a "nice" girl. She'd probably have to be home by midnight. And she was also too damned smart for the old tricks—you know, the car broke down! Or, son of a gun, we're out of gas!

"Look," said Virginia, clapping her hands. "Previews of Coming Attractions. My favorite part of the show! I just love to see what pictures are coming! Don't you, Rudy?"

Yes, thought Rudy, noticing that the Coke was already drying on his legs, making his balls stick like two eggs in a greaseless frying pan.

Yeah, I like to see what's going to happen in the future too, he thought. But maybe not tonight.

—Te quiero también —repitió, mascando un pedazo de hielo como una yegua.

Pos ya, sin duda no quedaban más que unos cuantos segundos hasta "showtime" y el Rudy quería decirle a la Virginia: Quiero quitarte toda la ropa y besar cada pulgada de tu cuerpo. Pero no dijo más que: —¿Te puedo besar? La Virginia se quedó pensando algunos momentos, y luego se sonrió. Y el Rudy, pos se excitó tanto que se volvió un oso también. Abrazó a la Virginia con una pasión que hasta la espantó—y que también le tumbó la coke de su mano.

Bueno, no hizo muncho mal al carro y al asiento con su "diamond-tuck upholstery", porque casi todo el líquido hela'o se cayó en los calzones del Rudy, en sus meras talegas, para ser más exacto. Y, al mesmo instante, una voz eléctrica declaró: —"And now . . . ON WITH THE SHOW!"

—"Oh, I'm sorry!" —lloró la Virginia, mientras que limpiaba al Rudy con un kleenex que sacó de su bolsa—y ése, sin duda, fue el mejor momento de la noche para él. Y pensó en como todavía tendría la chanza de "parquear" en algún arroyo después del "show". Pero quién sabía de esta muchacha tarre "buena". Seguro que iba a tener que estar en la casa ya pa' la medianoche. Y era muy viva también pa' los engaños tradicionales—tú sabes, ¡Se quebró el carro! O, ¡Sanavagón, se acabó el gas!

—Mira —dijo la Virginia, traqueando las manos—. "Previews of Coming Attractions". ¡Esta es la parte que más me cuadra del mono! ¡Me encanta ver las películas que van a venir! ¿Que no te gusta a ti, Rudy?

Sí, pensó el Rudy, dándose cuenta de cómo la coke ya se estaba secando en sus piernas, y sus huevos ya estaban pegándose como en una sartén sin aceite.

Sí, a mí también me gusta ver lo que va a pasar, reflexionó él. Pero esta noche, pos ¿quién sabe?

Professor Teeshirt's Secret

"A state university and a state mental hospital. One could easily be substituted for the other."

—E.A. Mares, "Feeding the Sheriff's Horses"

If it hadn't been for the fiery-hot carne adobada she ate that night in Ferminio's Restaurant, Eva never would have had the insomnia that made her discover Professor Teeshirt's secret.

Of course, in those days, Eva's husband hadn't yet "won" that title. His Christian name, in fact, was nothing less than Escolástico J. Cabeza de Baca y Montoya, though Eva, just like everybody else, knew him simply as "the professor." The "Teeshirt" came later, as you will see.

Apparently, the professor was born teaching because that was all he did, day in and day out. If it rained he'd explain how the droplets formed in the sky, and if a rainbow appeared afterwards, he'd ruin it for you by delivering a dissertation on the laws of nature which determine the colors of the spectrum. The professor, of course, had graduated from three universities and now taught chemistry at Highlands University, but he possessed the personality of a cottonwood stump. And even though Eva could have gotten her own doctorate if she had only taken her marriage for credit, the truth was that her husband of a little more than five years had her more bored than a nun locked in her cell.

That was why Eva had been so amazed that fatal evening when she got up with a terrible stomach ache and heard the professor talking in his sleep. Or was it the professor? His speech was so enchant-

El secreto del Profesor Camiseta

"A state university and a state mental
hospital. One could easily be substituted for the other."

—E. A. Mares, "Feeding the
Sheriff's Horses"

Si no había sido por la carne adobada tarre picante que comió
esa noche en el restaurante del Ferminio, pues nunca le hubiera
dado aquel desvelo a la Eva que le hizo descubrir el secreto del Profesor Camiseta.

Bueno, en aquel entonces, el esposo de la Eva todavía no se llamaba así. Su nombre cristiano era nada menos que Escolástico J.
Cabeza de Baca y Montoya, pero la Eva, como todo el mundo, lo
conocía por "el profesor". La "Camiseta" vino después, como verás.
El profesor había nacido enseñando, quizás, porque no hacía
más en todo el santo día. Si caía agua, él te explicaba cómo se for-
maban las gotitas en el cielo, y si aparecía el arcoiris después, él te lo
arruinaba con su disertación sobre las leyes de la naturaleza que
determinan los colores del espectro. Claro que el profesor se había
graduado de tres universidades y enseñaba la química en la Universidad de Highlands, pero poseía la personalidad de un troncón de
álamo. Y aunque la Eva podría haber sacado su propio doctorado si
habría tomado su matrimonio por crédito, la verdad era que su
marido de cinco años y pico la tenía más aburrida que una monja en
su celda.

Por eso la Eva se había espantado tanto esa noche fatal cuando
se levantó con un dolorón de panza y oyó al profesor hablando en su
sueño. O, ¿era el profesor? Pues, tenía una plática encantado-
ra—deslumbradora. La risa brotaba de su boca como agua de una

ing, brilliant. Laughter poured out of his mouth like water from a rup-
tured fire hydrant. He spoke in four languages and not a single word
of it made sense.

Eva found herself captivated with emotion. Her husband, whose
every remark was of the upmost significance—the professor who had
never committed a single grammatical error in his life—was now
singing, laughing uncontrollably, and speaking utter nonsense.

That first night, Eva still recalled, the professor had talked about
the scarcity of peanut butter during the monsoons. "Poor people of
the islands!" he repeated, chuckling all the while. He had also made
up several puns using the words "cat" and "cockroach." Then he
had complained, in a voice full of irony, about how hard it was to eat
octopus with chopsticks. "Poor Chinese!" he cried, dissolving into
laughter again.

Eva enjoyed these absurd speeches so much that she began to stay
up at night just to listen to them. And, naturally, she began to
sleep during the day because she still needed her eight hours of rest.

At first, the professor didn't notice the change in his domestic
situation, not until he began to run out of ironed shirts. It was then
that he realized his wife was asleep, which would explain why she
hadn't been passing him the salt lately.

Yet, inasmuch as he was a scientific man, the professor refused
to become alarmed. On the contrary, he used inductive reasoning to
implement a series of empirical experiments designed to determine
whether his perceptions were truly based on reality. And finally, after
an entire week of the most rigorous experimentation, the professor
could declare, beyond the shadow of a doubt, that his pretty little
wife wasn't passing him the salt nor much less ironing his shirts because she was irrefutably and unequivocally asleep.

Meanwhile, Eva continued getting up every night to entertain
herself with her comical husband, eating a TV dinner right in bed so
she wouldn't miss a single word of his discourse about the masked
turkeys who, according to the professor, worked as spies for the
CIA. And though she had plenty of time to do some ironing during
the long nights, why the hell should she return to that slavery?

No, now Eva took advantage of her newfound freedom and began to find herself through art. While the professor jabbered on, Eva
painted eggs. She started with rudimentary designs, but as time went
on, she began incorporating some of the professor's own fantastic
ideas in her diminutive paintings. And that practice, ironically

boca de riego arrancada. Hablaba en cuatro lenguajes, y ni una palabra tenía sentido. La Eva se encontró esclavizada de pasión. Su esposo, el profesor que nunca decía ninguna cosa sin importancia, que jamás en la vida había cometido un solo error gramático, ahora estaba cantando, riéndose sin medida y platicando puras tonterías.

Esa primera noche—la Eva todavía se acordaba—el profesor había hablado sobre la escasez de la mantequilla de cacahuate durante la temporada del monzón. ¡Pobres los de las islas! —repitió, con una carcajada cada rato. También había inventado varios juegos de vocablo usando las palabras "gato" y "cucaracha". Luego se había quejado, en una voz llena de ironía, de la dificultad de comer el pulpo con las varillas de madera. ¡Pobres los chinos! —dijo, derritiéndose en otra risada.

Pues, tanto le gustaron estos discursos absurdos a la Eva que empezó a desvelarse nomás a escucharlos. Y claro que dormía durante el día, porque siempre necesitaba sus ocho horas de sueño.

Al principio, el profesor no notó el cambio en su situación doméstica, no hasta que le empezaron a faltar camisas planchadas. Entonces sí se dio cuenta que su mujer estaba durmida, y de repente entendió por qué ella no le había pasado la sal durante los últimos días.

Pero, siendo un hombre científico, el profesor no se turbó. Al contrario, se puso a utilizar la razón inductiva y actuó una serie de pruebas empíricas para determinar si sus percepciones estaban basadas en la realidad o no. Y sí, al final de una semana completa de la más rigorosa experimentación, el profesor podía declarar, sin duda alguna, que su linda esposita no le estaba pasando la sal ni mucho menos planchándole las camisas porque estaba verdaderamente durmida.

Mientras tanto, la Eva seguía levantándose por la noche a divertirse con su esposo chistoso, cenando un TV dinner en la misma cama para no perder ninguna palabra de su discurso sobre los guajolotes enmascarados que trabajaban como espías por la CIA. Y aunque la Eva tenía suficiente tiempo para planchar durante las largas noches, ¿cómo diablos iba a volver a esa esclavitud?

No, ahora se aprovechó de su nueva libertad y empezó a expresar su personalidad con el arte. Sí, mientras el profesor charlaba sin sentido, la Eva pintaba huevos. Comenzó con unos diseños rudimentarios, pero con el tiempo fue incorporando algunos de los te-

enough, was exactly what motivated Professor Teeshirt to take action.

Yes, by that time he had become "Professor Teeshirt" because he had been arriving at his chemistry class in the university for awhile now dressed only in a teeshirt—well, what else was he supposed to do now that his wife didn't iron him a single shirt? And even though he still wore his dress jacket, the students—you know what jokers they can be—baptized him with the new nickname.

Professor Teeshirt, naturally, didn't much care for his nickname but what really bothered him was getting up every morning to find the surrealistic eggs his wife painted during the night. These supernatural eggs appeared all over the house—inside the refrigerator, over the toilet, behind the salt shaker.

Now, even though Professor Teeshirt was a disciple of the sciences, he still possessed an adequate enough estimation for the arts. But this! Why, these oval images looked like the work of the very devil. "Diabolical eggs!" exclaimed Professor Teeshirt, convinced that his poor Eva had been bewitched. Yes, that would explain a lot of things, the professor thought as he telephoned Sister Marta.

He had heard her announcement on the radio, the one with the jingle that claimed that Sister Marta could invoke spiritual powers to resolve any problem one might have. And even though it had been years since Sister Marta had made a house call, Professor Teeshirt finally convinced her that he couldn't very well take an unconscious patient to her office. So Sister Marta went to Professor Teeshirt's house and she had scarcely walked in when she declared:

"Yes, this house is bewitched! Do you want to sell it?"

Professor Teeshirt replied that he had no intention whatsoever of selling his house, seeing as how it was his wife that was bewitched, and not the house.

"Of course, my son, of course," Sister Marta answered and, in an impressive demonstration of her amazing wisdom, divined precisely how to lift the curse without even so much as looking at the cursed woman fast asleep in the adjoining room. This was, without a doubt, a witchcraft worked by eggs. Sister Marta would have to bring a fertilized egg to Professor Teeshirt's house. Eva would have to sleep with this egg and, afterwards, Sister Marta would break it and cook it in a plate of alcohol. That way the figure of the witch who had cast the spell would appear outlined in the yolk of the egg.

mas fantásticos del mismo profesor en sus pinturas pequeñas. Y esta práctica, irónicamente, fue exactamente lo que le motivó al Profesor Camiseta tomar acción.

Sí, ya se había hecho el "Profesor Camiseta" porque hacía tiempo que había llegado a su clase de la química en la universidad vestido solamente en una camiseta—pues, ¿qué más iba a hacer ahora que su vieja no le planchaba ni una camisa? Y aunque todavía usaba su leva fina, los escoleros—tú sabes lo travieso que son— pues, lo bautizaron con el sobrenombre nuevo.

Claro que eso no le cuadró al Profesor Camiseta, pero lo que de deveras le picaba era el descubrimiento cada mañana de los blanquillos surrealistas que su mujer pintaba en la noche. Estos huevos sobrenaturales aparecían por dondequiera—dentro de la hielera, encima del retrete, detrás del salero.

El Profesor Camiseta, aunque era un discípulo de las ciencias, poseía una estimación bastante adecuada para las artes. ¡Pero esto! Pues, estas imágenes ovaladas parecían invenciones del mero demonio. ¡Banquillos endemoniados! —exclamó el Profesor Camiseta, seguro que su pobre Eva se había embrujado. Sí, eso explicaría mucho, pensó el profesor, mientras telefoniaba a la Hermana Marta.

El había oído su anuncio en la radio—y la canción que reclamaba que la Hermana Marta podía invocar fuerzas espirituales para resolver cualquier problema que uno tendría. Y aunque hacía años que la Hermana Marta había hecho una visita de casa, pues el Profesor Camiseta al fin le convenció que él no podría llevarle un paciente inconsciente a la oficina. De modo que la Hermana Marta llegó a la casa del Profesor Camiseta, y apenas había pasado por la puerta cuando declaró:

—Sí, ¡está embrujada esta casa! ¿No la vende?

El Profesor Camiseta le contestó que no tenía ninguna intención de vender su casa, siendo que la mujer era la que estaba embrujada—y la casa no.

—Claro, mi hijo, claro que sí —le respondió la Hermana Marta, y en una manifestación impresionante de su gran sabiduría, adivinó exactamente lo que tendrían que hacer, sin tan siquiera asomarse a la embrujada bien durmida en el otro cuartito. No cabía duda que ésta era una brujería de blanquillos, dijo, añadiendo que lo que ella iba a tener que hacer era traer un huevo fertilizado a la casa. La Eva tendría que dormir con este huevo y después, la Hermana Marta lo quebraría y lo cocinaría en un plato de alcohol. Asina la figura del

Of course, Professor Teeshirt was pretty desperate by this time, so he let the bizarre gypsy take over, telling her that whatever she decided was fine with him. Unfortunately, the mystic came to the professor's house at night—after all, the subject was going to sleep with the egg. And, naturally, she found the professor snoring and Eva preparing her brushes to spend another night painting eggs and listening to her husband.

The two women ended up spending the entire night there, not that Sister Marta had any plans to stay till dawn in Professor Teeshirt's bedroom. But the truth of the matter was that she couldn't leave. She had been simply mesmerized by the professor's impressions of Ronald Reagan talking in a Donald Duck voice.

She was hooked. Sister Marta enjoyed herself so much that she began to come over every night, taking a seat next to Eva, laughing until sunrise at the wild ramblings of the sleeping professor. Eva didn't really mind this intrusion. In fact, she liked it at first because she had had no one to talk to during the long years of her marriage.

But then, one night Sister Marta appeared at the door with her husband. He made his living repairing the tiny wheels on grocery store shopping carts and, well, he wanted to listen to the famous sleeping comedian his wife talked about so much. It didn't bother Eva too much to have another man in her bedroom, even if he was a dark-skinned gypsy who smoked incredibly foul cigars. She didn't even get terribly annoyed when he started to bring some of his broken shopping carts to the house to repair while he listened to Professor Teeshirt. But when they began to bring other members of the family, Eva finally got upset.

After all, the very reason she had been staying up all night was to have a little fun, but now, with so many people in the house, Eva had to work like a slave again, offering coffee and pie to Sister Marta's mother and neighbor, and sometimes even to her grandmother who, in spite of being old and wasted, laughed harder than anyone else when Professor Teeshirt came out with a new idiocy. Eva also had to serve beer to the uncles and cousins and endless sodas to the children. The poor thing ran back and forth from the kitchen to the bedroom all night long without stopping. In fact, she even had to give up her art work. But she never realized at the time that the situation would even get worse.

One of Sister Marta's daughters, who had spent a night listening to the professor, told her boyfriend all about the experience since he

que le estaba trabajando la brujería aparecería dibujada en la yema del huevo.

Bueno, como el Profesor Camiseta ya andaba un poco desesperado, pues le dio las riendas a la turca estrambólica. Nomás que la curandera llegó a la casa esa noche—pues, como el sujeto iba a dormir con el huevo—y claro que halló al profesor roncando y a la Eva preparando sus brochas para pasar otra noche pintando huevos y escuchando a su esposo. Y sí, las dos mujeres pasaron la noche allí. No eran las intenciones de la Hermana Marta de amanecerse en el cuarto de dormir del Profesor Camiseta, pero la verdad era que ella no podía irse, tan encantada estaba al escuchar las impresiones que el profesor daba de Ronald Reagan hablando en una voz del Pato Donaldo. ¿Y qué? Le gustó su visita tanto que empezó a llegar todas las noches, tomando un asiento al lado de la Eva, riéndose hasta la madrugada con las tonterías del profesor dormido. A la Eva, pues no le pesó esta intrusión. En efecto, le gustó porque no había tenido con quién platicar durante los largos años de su matrimonio.

Luego, una noche la Hermana Marta apreció a la puerta con su marido. El se ganaba la vida componiendo las rueditas de los carritos que se usan en las tiendas de comida, y, pues, tenía muchas ganas de escuchar al cómico nocturno y famoso de quien su mujercita platicaba tanto. Bueno, no le molestaba a la Eva tanto tener a otro hombre en su dormitorio—más que sea un turco trigueño que fumaba unos cigarros pero jediondos. Hasta podía aceptar el estorbo que él le hacía cuando comenzó a traer algunos de sus carritos quebrados para trabajar en ellos mientras le escuchaba al Profesor Camiseta. Pero cuando empezaron a traer otros miembros de la familia, la Eva sí se puso triste.

Pues, el mero motivo de sus desvelos era divertirse, pero ahora, con tanto gente en la casa, la Eva tenía que trabajar como una esclava otra vez, ofreciéndoles café y pastelitos a la mamá y a la vecina de la Hermana Marta, y a veces hasta a la abuela quien, aunque era vieja y muy acabada, se reía más fuerte que ningún otro cuando el Profesor Camiseta decía una tontería. Cerveza les tenía que servir a los tíos y primos, y un sinnúmero de sodas a los niños. La pobre Eva corría de la cocina al dormitorio toda la noche sin descansar—pues, hasta se vio obligada a abandonar su arte. Pero no sabía entonces que la situación se iba a poner hasta peor.

Una hija de la Hermana Marta que había pasado una noche es-

was a student of the same notorious Professor Teeshirt. The boy, however, just couldn't believe that his stuffy old chemistry professor could transform into a master of comedy. He had to see the proof with his own eyes, and that very night he did. And, well, you can imagine what happened after that.

Yes, the following evening the entire chemistry class showed up at the professor's bedroom. It was a tumultuous scene as the small room was packed to overflowing.

Eva knew she wasn't going to be able to stand too much more of this, even though many of the students were very kind to her. One of them who knew a little about electricity offered to install a loudspeaker in the bedroom absolutely free of charge so that the students could stay in different parts of the house or even outside, lying on the lawn. Another student who had taken courses in architecture advised Eva that he could knock down a wall of the bedroom so that more bodies could fit in. But what neither the audacious students nor Eva herself realized was that the party was just about to end.

Professor Teeshirt, by this time, was frightened—Christ, he was scared shitless! Surely this was a witchcraft of supernatural dimensions, for even the healer herself had vanished, and every morning he found more and more evidence of weird happenings. There was mud everywhere in his bedroom, cigarette butts all over the floor, and a mountain of empty beer cans in the corner. Being a scientific man, his first impulse was to blame it on the dwarves, but Professor Teeshirt remembered very well that his grandma had described the dwarves as very clean little folks. No, it couldn't be dwarves. But—and Professor Teeshirt trembled at the very thought—could it be that witches got together in his bedroom at night to practice their black magic as he lay asleep? What if his beloved Eva had been transformed into a creature of the devil too? For the love of God! A dreadful chill shot up his spine and stayed there for the rest of the day, even while he gave his chemistry lecture at the university. All of his students, of course, were sound asleep in their desks, but Professor Teeshirt found nothing unusual in that. They always slept while he explained the principles of his precious science.

What was strange was what was happening every night in his house—in his very bedroom! So that same night he took four capsules of No-doz before going to bed, and he stayed awake, although he kept his eyes closed tight.

And just as he suspected, as soon as he pretended to snore, his

cuchando al profesor, le platicó todo a su novio quien era un escolero del mismo profesor notorio. Nomás que este chico no podía creer que aquel viejo seco que era su profesor de la química pudiera transformarse en un maestro de humor. Tuvo que ver la prueba, y esa misma noche sí la vio. Y, pues, te puedes imaginar lo que resultó de esa visita.

Sí, la siguiente noche, toda la clase se apareció en el dormitorio. Fue una escena de gran confusión—pues ni cupieron todos en el cuarto. Ya la Eva sabía que no iba a poder aguantar mucho más, aunque varios estudiantes eran muy amables con ella. Uno, que sabía algo de la electricidad, ofreció instalar, sin cobrarle nada, un altavoz en el cuarto de dormir para que los escoleros pudieran quedarse en diferentes partes de la casa o hasta afuera acostaditos en el zacatillo. Otro tipo que había tomado unos cursos de la arquitectura le avisó a la Eva que él podía tumbarle una pared del dormitorio y así cabrían mejor todos los cuerpos. Pero lo que ni los estudiantes atrevidos ni la misma Eva entendía era que la fiesta ya estaba para acabarse.

Pues, el Profesor Camiseta ya andaba asustado—¡qué! ¡Bien cagado andaba! Seguro que ésta era una brujería de dimensiones supernaturales, porque hasta la curandera había desaparecido, y cada mañana él encontraba más evidencia de acontecimientos extraños. Había zoquete por dondequiera en el dormitorio, bachas de cigarro en el suelo y un montón de jarritos de cerveza en el rincón. Siendo un hombre científico, al principio pensó en los duendes, pero bien se acordaba que su abuela había descrito a los duendes como una gente bastante limpia. No, los duendes no eran. Pero—y el Profesor Camiseta se estremeció con el pensamiento—¿podría ser que las brujas se juntaban en su dormitorio por la noche a practicar su mágica negra mientras él dormía? ¿Qué si su amada Eva se había transformado en una demonia también? ¡Por Dios Santito! Le dio un escalofrío bruto por todo el espinazo que no se le quitaba en todo el día, aun cuando dio su conferencia de la química en la universidad. Todos sus escoleros, naturalmente, estaban durmidos en sus pupitres, pero el Profesor Camiseta no le halló nada extraño en eso—pues, siempre habían durmido mientras él les explicaba los principios de su ciencia querida.

Lo extraño era lo que estaba pasando durante las noches en su casa—¡qué!—en su propio cuarto de dormir. Y esa misma noche,

wife jumped out of bed. The bitch! Shortly after, another person arrived, a big black woman with long hair and earrings that seemed to
be the size of the moon. There were several others with
her—Professor Teeshirt couldn't make them out too well through his
half-closed eyelids. He was too afraid to open them all the way. He
just stayed there perfectly still, waiting to see what these strange and
mysterious people would do.

But no, they didn't do anything. They hardly even talked and,
when they did, Professor Teeshirt couldn't understand what they
were saying.

"Why isn't he talking tonight?"

"I don't know. Sometimes it takes awhile."

The professor recognized that as Eva's voice but, for his life, he
couldn't figure out what she meant.

But poor Professor Teeshirt, with his passion for science and eru-
dition, would have been far better off remaining in the dark, in the
bliss of ignorance. But he had to understand everything—he had to
find out the truth.

And he did find it out, and very quickly too, for now an entire
gang of people had begun to arrive at his bedroom, but these
people—yes, the professor knew who they were! He had heard that
laugh before, and that boy with the beard and the thick glasses—the
professor knew who he was too. It was one of his students. They
were all students from the chemistry class at the university.

He instantly opened his eyes and leaped out of bed. The spectators, thinking the unexpected action was part of the show, responded with a large round of applause.

"Terrific!" shouted one of the students.

"Professor Teeshirt, tell us the joke about the pretty chile again,"
another begged.

"What about the weather forecast for tonight? Are you still pre-
dicting darkness?" giggled a female student.

"Eva!" cried Professor Teeshirt, his eyes wide with fright. "What
in the name of Pasteur is going on here?"

That was the last rational thing Professor Teeshirt said to date, for
just as soon as Eva explained to him everything that had happened
during the last few weeks, he went mad. He could no longer sleep at
night because he was afraid that people might come back to entertain
themselves with him again. His reputation as a science scholar eva-
porated. He would never again be able to function as a member of

pues tomó cuatro cápsulas de No-Doz antes de acostarse, y se quedó bien despierto, pero con los ojos apretados.

Nomás fingió roncar y de una vez se levantó su esposa—¡la mal-
vada! Luego, al poco rato, llegó otra persona—una mujerota, negra,
con cabello largo y unos aretes que parecían el tamaño de la luna.
Con ella andaban varios otros—el Profesor Camiseta no los podía
distinguir muy bien por sus párpados medios cerrados. Todavía no
los abría por el temor. Allí se quedó paralizado, esperando a ver qué
diablos iba a hacer esta gente extraña y desconocida.

Pero no, no hicieron nada. Apenas platicaron, y lo que sí dijeron, pues el Profesor Camiseta no lo podía entender.

—¿Por qué no platica esta noche?

—No sé. A veces se tarda así.

Esta fue la Eva platicando, pero, por su vida, el profesor no
podía comprender lo que estaba diciendo.

Pero pobrecito el Profesor Camiseta con su pasión por la ciencia
y la erudición. Habría sido mejor quedarse a oscuras, en la felicidad
de la ignorancia. Pero no, él tuvo que comprender todo, tuvo que
saber la verdad.

Y sí la supo, y poco presto también, porque para entonces llegó
una gavilla de personas, pero esta gente—pues, ¡sí! El los conocía. El
Profesor Camiseta había oído esa carcajada, y aquel joven con las
barbas y los anteojos gruesos—el profesor sabía quién era. Era uno
de sus escoleros—¡todos eran sus discípulos de la clase de la química!

De repente abrió los ojos y brincó de la cama, cual acción inespe-
rada les dio tanto gusto a los espectadores que respondieron con un
gran aplauso—pues, pensaron que era una parte del show.

—¡Magnífico! —gritó uno de los estudiantes.

—Profesor Camiseta, ¡cuéntanos otra vez el chiste del chile bonito! —le rogó otro.

—¿Qué del pronóstico del tiempo esta noche? ¿Aún espera os-
curidad? —le preguntó otra escolera con una risada.

—¡Eva! —lloró el Profesor Camiseta con los ojotes pelados del
susto—. ¿Qué en el santo nombre de Pasteur está *pasando* aquí?

Esa fue la última frase que el Profesor Camiseta dijo en su sentido hasta la fecha. Pues, tan pronto que la Eva le explicó todo lo que
había sucedido durante las últimas semanas, el Profesor Camiseta se
volvió loco. Ya no podía dormir en las noches por el puro miedo
—¿qué si llegaría gente otra vez a divertirse con él? Su reputación
como un escolar de las ciencias evaporó. Jamás podría funcionar en

the university society. From that night on he began spending his evenings gazing through the window at invisible spirits dancing in the shadows. And during the day he'd sink into an uneasy sleep, no longer talking nonsense but, instead, muttering formulas for the alteration of amino acids.

So, what can I tell you? He lost his position at the university, of course. And since he became more incoherent every day, Eva at last had no choice but to commit him to the asylum.

Luckily, the State Hospital was in the same city. And thank God Eva hadn't wasted her time while Professor Teeshirt talked in his sleep, for now she's making her living by selling her painted eggs in several curio shops around town.

She goes to visit her poor husband every day and she always takes him a freshly ironed shirt so he can go out to give his daily chemistry lecture to his class of dahlias and lilacs.

And even though the end of this story might appear to be sad, it really isn't. Eva has recently fallen in love with a Marxist poet and musician who must love her too, because he sings to her every morning before bringing her a breakfast of scrambled eggs to bed.

And Professor Teeshirt is happy in the mental institution too, which, after all, isn't all that different from the university. He's gotten accustomed to it, though he still has one strange habit. He likes to steal the little packages of salt from the other patients' plates. The doctors know about this idiosyncracy, but they allow the professor to keep on stealing.

They even ignore the veritable treasure of salt Professor Teeshirt keeps hidden in his chest of drawers, because they believe every man deserves to have at least one secret.

la sociedad de la universidad. Desde aquella noche, empezó a pasar las horas oscuras mirando por la ventana a quién sabe qué fantasmas bailando por las tinieblas. Y durante el día, pues se hundía en un sueño inquieto, ya no hablando tonterías sino murmurando fórmulas de la alteración del aminoácido.

¿Qué te puedo decir? Claro que perdió su posición en la Universidad de Highlands. Y como cada día se ponía más incoherente, al fin la Eva no halló más remedio que meterlo en el asilo.

Bueno, de suerte que el hospital del estado quedaba en la misma ciudad. Y gracias a Dios que la mujer no había perdido su tiempo mientras el Profesor Camiseta hablaba en su sueño, porque ahora la Eva está ganándose la vida con los huevos pintados que vende en varias tiendas de curiosidades en la plaza.

Todos los días le da vuelta a su pobre esposo y le lleva una camisa planchada para que salga a dar su conferencia diaria sobre la química a su clase de dalias y lirios.

Y aunque parezca triste la conclusión de esta historia, no lo es. La Eva, sabes, está recientemente enamorándose de un músico y poeta marxista. Y quizás la quiere mucho porque todas las mañanas le canta las mañanitas antes de traerle a la cama un desayuno de huevos revueltos.

Y el Profesor Camiseta, pues él también está contento allá en el asilo que, de todos modos, no se diferencia tanto de la universidad. Se ha acostumbrado— nomás que se le queda una maña extraña. Le gusta robarse todos los paquetitos de sal de los platos de los demás pacientes. Bien saben los doctores de este capricho del pobre profesor, pero lo permiten seguir robando.

Hasta ignoran el verdadero tesoro de sal que el Profesor Camiseta tiene guardado en un cajoncito de su cómoda, porque creen que todos los hombres merecen tener tan siquiera un secreto.